Irak
Pav^on International
Bulgarie
Banque Transatlant^e
Haiti
Algerie Urbanisme
Métier plastiques
B^x Arts
Couleurs Vernis
Porte
Porte
Alimentat^n
PUBLICITÉ
ÉTALAGES
Alimentat^n
AVENUE
DE
LA
RAPP
STANDS PUBLICITÉS
Police
BOURDONNAIS
Cinéma Photo Phono
CENTRE DES
MÉTIERS
Artistes
Décorateurs
Vitraux
Archit privée
Mobilier
Congo Belge
Restaurant
Didot-Bottin
U.C.A.F.
Porte
Gobelins Tissus
Bijouterie
Presse
Italie
Suisse
STON
TOUR EIFFEL
SECTIO
Parure Mode
Restaurant
Magas. du Louvre
Ministère de l'Agriculture
Passerelle Debilly
Vedettes
Portugal
Hygiène
Yachting à Voile
Péniche Restaur^t

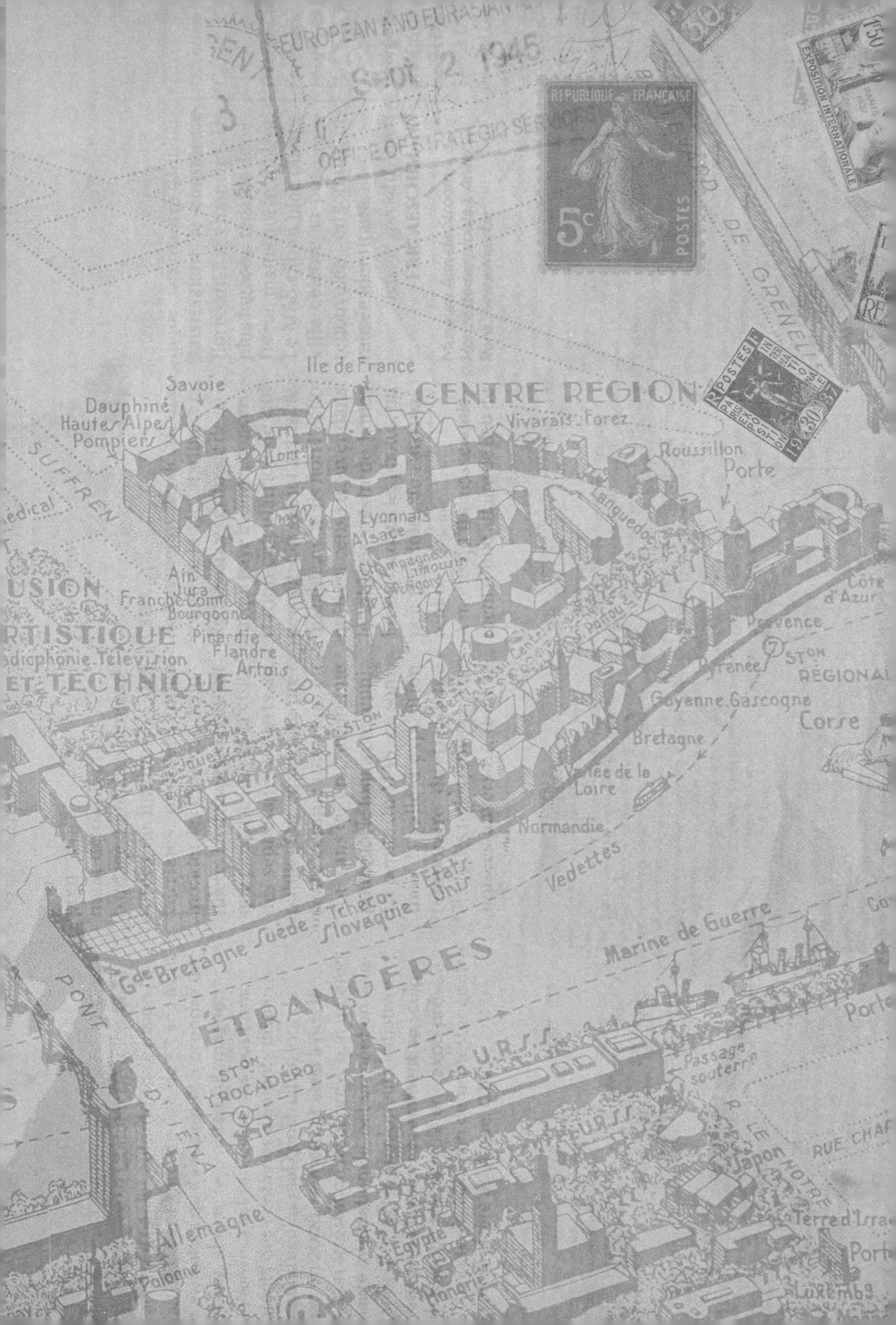
EUROPEAN AND EURASIAN
2 1945
REPUBLIQUE FRANÇAISE
5c
POSTES
EXPOSITION INTERNATIONALE
1937
DE GRENELLE
SUFFREN
CENTRE REGION
Ile de France
Savoie
Dauphiné
Hautes Alpes
Pompiers
Vivarais Forez
Roussillon
Porte
Languedoc
Lyonnais
Alsace
Champagne
Limousin
Ain
Jura
Franche Comté
Bourgogne
Picardie
Flandre
Artois
ET TECHNIQUE
Côte d'Azur
Provence
Pyrénées
STON
RÉGIONAL
Guyenne Gascogne
Corse
Bretagne
Vallée de la Loire
Normandie
Vedettes
Etats-Unis
Tchéco-Slovaquie
Gde Bretagne
Suède
Marine de Guerre
ÉTRANGÈRES
U.R.S.S.
STON
TROCADÉRO
Passage
Japon
PONT
D'IÉNA
Allemagne
Pologne
Egypte
Hongrie

聯合文叢 716

琥珀異境。39城

◉聞人悅閱／著

我們漸漸與往事疏離

那些城市的前世

如同白駒過隙

曾經煙花漫天旖旎

那時的我們

和整個世界

都還年輕

煙火嘉年

希望上升時如同煙花
劃亮夜空下
心中的角落
你我只有一瞬的年華
彼此打量
他眼角彷彿有點光影
折射出世間旖旎
我們已經到達山頂

煙花上升
綻放的位置比我們還高
然後墜入山谷
下山的路極其沉寂也無燈照
叢林在我們身畔蔓延
延伸處又見燈火綿連
我們已經下山
回到人間

我們與人群擦肩
聽到下一場煙火的預言
然後回首仰望
尋找曾經站立的山巔
也許將別無選擇

在那樣的時刻
再次上山
看煙花上升冉冉如歌

此刻人潮洶湧如浪席捲
然後潮退好像流川
寂靜後　我們在原地
還在人間

目次

一九三零年代的異境

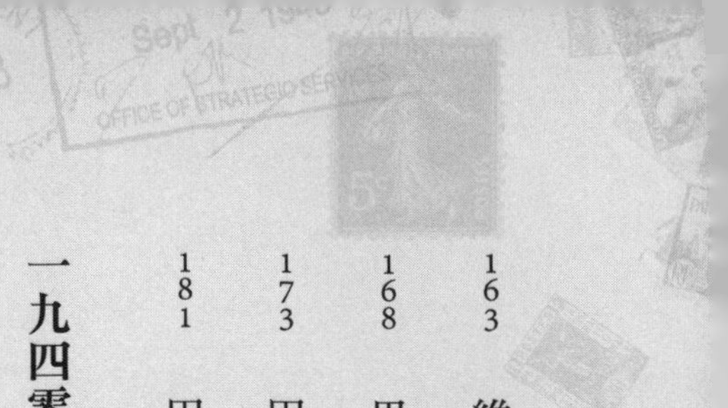
OFFICE OF STRATEGIC SERVICES

琥珀異境。39城

聞人悅閱——著

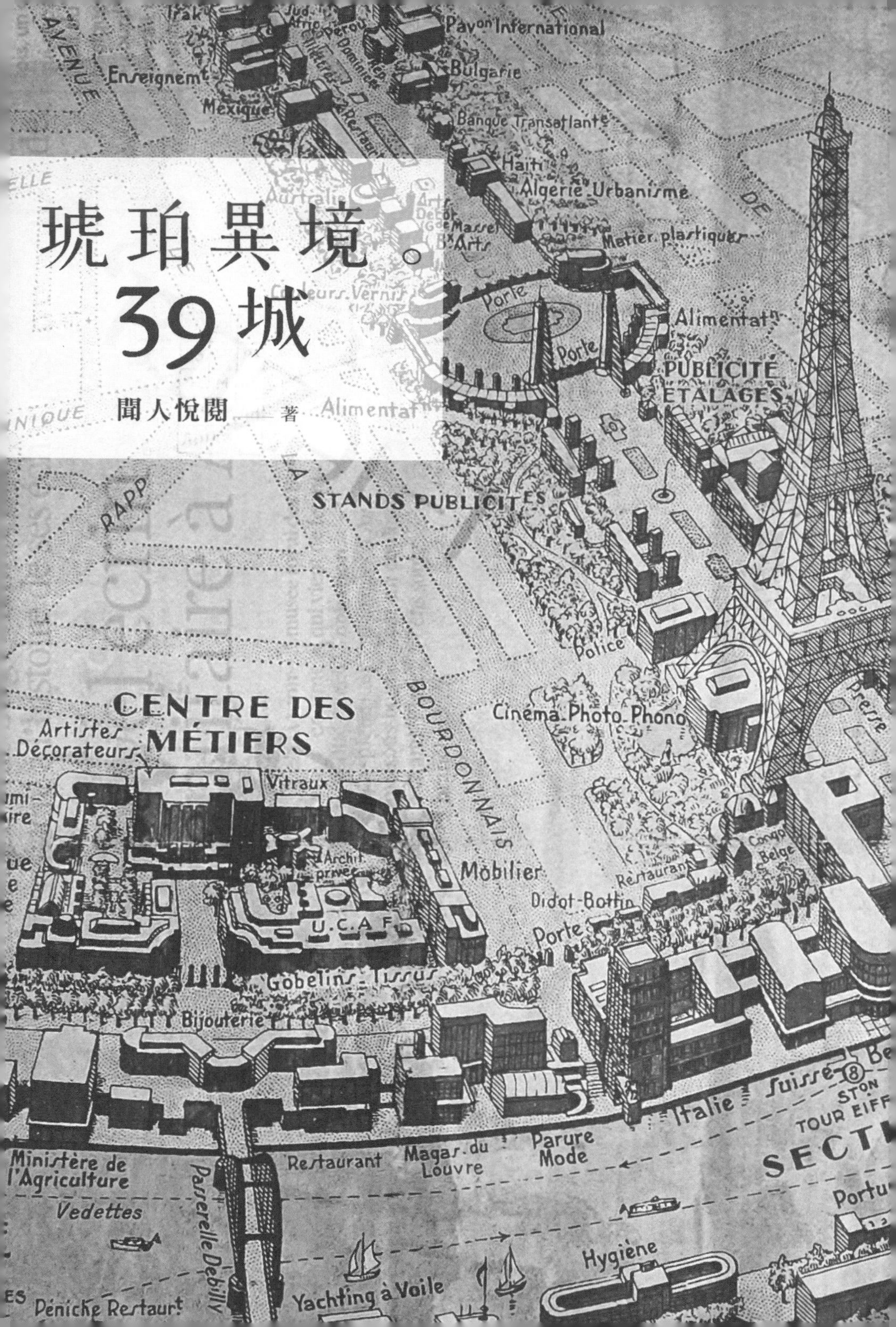

【自序】
我們羅曼蒂克的過去及琥珀的異境

寫小說是一件如此讓人沉醉的事。故事中的世界廣袤無邊，凝聚在文字中的那些瞬間在不斷琢磨中不知不覺形成如琥珀那般的質地，定型封存，若徐徐散發光華，無非是因為心有所感。

我在二零一八年寫完一本長篇小說《琥珀》，我在那個世界裡穿梭了數年，要關門離開的時候戀戀不捨。書中的人物從少年成長，再老去，這世界也走了一個世紀。當他們年輕的時候，這世界也正要開始去實踐一些年輕的理論。時光一向天真、任性，甚至殘忍，一去永不回頭，我們的今生其實早已在前世扎下了根，讓人忍不住回望的總是屬於我們的那些羅曼蒂克的過去。

從二零一五年開始寫《琥珀》，寫稿共三年，同時每月要交一篇專欄文章。因為沉浸在《琥珀》的人生中，於是在潛意識下將這個專欄的故事埋下了一些與《琥珀》有關的線索——不過這仍舊都是一個個獨立的故事，沒有《琥珀》他們一樣可以存在。寫這些故事是為了不想與過去失之交臂。《琥珀》中出現了大約四十個城市，每一個城市當然有各種各樣的演義——所以每一個短篇是這每一個城市的備忘錄，只是寥寥數筆只能收錄前世今生的幾個場景而已。這好比是一個實驗，虛構與真實互相驗證，得出的真相是人性中我們值得珍視的部分。

在這裡，這些時光碎片般的往事從敦煌開始，然後就大致按著《琥珀》的主角莫小嫻從少年時開始經過的那些地方一步步走下來，一路經過恰克圖、庫倫、歸化、定遠營、包頭……從此天遠地長。

那些城市即便沒有她的故事也照樣會日升日落，年年歲歲地延續著一個城市自己的傳奇，但是我偏偏撿到了某些遺落於歷史的碎片，於是像一個好奇的孩子，試圖把它們拼在一起——自己也為那折射出來的光與影吸引，深深地著了迷——這其實也是寫《琥珀》和這些故事時的心情。

《琥珀》初稿定於二零一八年初。

那年夏天在巴黎，《琥珀》小說還沒有最後定稿。小說中的莫小嫻在一九三七年到過巴黎，到了二零一八年，要走一走她在半個多世紀前走過的路還不是太遲——至少巴黎的建築還多半以一樣的姿態站立著，八十一年前存在的，八十一年後還在這裡。寫稿中與筆下人物朝夕相處，沿「當年」那條路走一走，好像是與一個老朋友的默契。

腳踏實地走在路上，夏天的陽光照在身上，故事中的情節是虛構的，但是一九三七年切切實實存在過，那麼久遠的人與事大半湮滅了，可是如要尋找，總是有跡可循。

一九三七年，巴黎有一場世博會，莫小嫻要去找一個人，結果沒有找到，所以與巴黎也不過是一場短暫的相會，彷彿滄海一粟，水滴匯入海洋，瞬間無影無蹤，可是那存在過的可能性卻是無法否認的。這就是寫小說的妙處，在真實與虛幻之間架起一座橋梁，記憶可以被喚醒，歷史又可以變成一面鏡子。至於一個中國女子因為什麼樣的原因出現在一九三七年的歐洲，要找誰，結果又如何，自然是一個悠長而且可能無解的故事。故事中的人生可以被塑造，但是我們都可以選擇如何站在歷史中。

一九三七年世博會顯然沒有在巴黎留下太多的痕跡，在舊書店很難找到一九三七年跟世博會有關的地圖；這個年分也沒有能引起太多人關於世博會的聯想。也許這不是一場讓人懷念的盛宴。本來應該是以展示人文關懷為目的，藉人們在藝術和技術上取得的成就來為未來作出一個保證——美好初衷如此，但這一場世博會正好處在一個艱難的歷史節點——第二次世界大戰在兩年後爆發，而這一年的世博會其實已經展露了戰爭一觸即發的端倪，回顧中頗有點不堪回首的無奈。畢卡索那幅著名的《格爾尼卡》就是當時受西班牙共和國政府委託，為世博會西班牙區繪製的，描繪了西班牙內戰中納粹德國在佛朗哥授意下，對西班牙共和國格爾尼卡城的轟炸，這是人類歷史上經受的第一次地毯式轟炸。沒錯，人類歷史終於步入了一個新的階段——人類終於掌握了新的技術，一面急於創建，一面急於毀滅。世博會原址與艾菲爾鐵塔隔著塞納河相對，當年各國的會館在鐵塔下毗鄰而建，爾後有一些國家再見便在戰場上了。

二零一八年的艾菲爾鐵塔當然是一個遊客頻繁光顧的地方，當年會場建築大多不存在，但是對照地圖，依稀也可辨認出當年世博會館的格局。剛好碰到時裝週，當年的東京館有與時尚週有關的活動，東京館的建築亦是為巴黎世博會而建的且保留了下來，這些年作為現代及當代藝術館，也是見證了世博會後八十年的歷史。

八十年前，莫小嫻離開世博會場，沿著塞納河左岸往上走，越往前走越熱鬧，巴黎最輝煌的歷史逐漸展示在河的兩岸，但是她忍不住淚如雨下，明知已經永失所愛，卻不肯承認……最珍貴的，或許總遺落在歷史裡。

八十年後，我也走在左岸，快接近巴黎聖母院的時候，岸邊出現許多賣舊書的小攤，最受歡迎的還有老招貼畫和地圖，不過要找一九三七年的地圖並不容易，不過倒找到幾本一九三七年的體育雜誌，很有時代感，光看那些照片，很難相信席捲全球的戰爭正在逼近。到了最後一家，閒閒問攤主，有沒有關於一九三七年的東西。他眼睛一亮，不發一言，從一堆地圖中一張張翻起，然後抽出其中一張。他說，整個巴黎妳也未必容易找到這樣一幅……

我低頭一看，正看見地圖上印製的幾個字——一九三七年巴黎世博會……

原來偶遇就是這樣。

二零一九年底開始整理這些小說，然後疫情措手不及席捲而來，整個世界如龐然大物停頓，匍匐艱難而行。未來還未到來，可是令人忐忑。所有沉重的歷史如果一筆一畫寫下來，但願不會在今後因為要粉飾太平而被遺忘。

二零二二年重新整理異境系列，同時寫下一則故事——〈我們羅曼蒂克的過去〉，有感於已知的文明和未知的未來。女兒曾要求，如果要寫未來，不要把故事架設在太遙遠的未來時空裡，因為她們這一代也對自己將面對的這個世界充滿好奇，所以故事發生在假想的二零五二年，在一個假設的非理想社會中回顧所謂我們羅曼蒂克的過去，也在一個虛構的可能中繼續尋找出路。在假想的遙遠未來，即便經歷了分歧和離散，也許人們最終戀戀不捨的不過是一種羅曼蒂克的感覺——彼時彼地，我們愛著這個世界，這世界也愛著我們……《琥珀》中的人物在那未來中再次出現，這是琥珀、景臣、費烈以及他們後人的一則小故事，那一年杜琥珀的孫女十七歲。這個故事就先收在另一本同名的小說集中了，但是今後也許會是《琥珀》未來卷的一個開端，寫未來不過是為了抱著希望——未來不應該重複不值得重複的過去。

許多年前，《琥珀》這個故事初步模糊成型的時候，還沒有想到自己想做的原來就是在琥珀中留下時間的刻痕。我們在這裡，我們來過，我們要對我們的歷史負責。

而總之，這本書中的故事是基於長篇小說《琥珀》的番外所得，無意中這些故事也向所有《琥珀》中提到的城市致意，時光回溯到這個世界年輕的時候，也許那也是寫下〈我們羅曼蒂克的過去〉時的心情。

EUROPEAN AND EURASIAN
Sept 2 1945
OFFICE OF STRATEGIC SERVICES
REPUBLIQUE FRANÇAISE
5c
POSTES
EXPOSITION INTERNATIONALE
Ile de France
Savoie
Dauphiné
Hautes Alpes
Pompiers
CENTRE REGIONA
Vivarais Forez
Roussillon
Porte
SUFFREN
Lyonnais
Alsace
Champagne
Limousin
Languedoc
FUSION
Ain
Jura
Franche Comté
Bourgogne
RTISTIQUE
Picardie
Flandre
Artois
Radiophonie Télévision
ET TECHNIQUE
Côte d'Azur
Provence
Pyrenées
STON
REGIONA
Guyenne Gascogne
Corse
Bretagne
Vallée de la Loire
Normandie
Vedettes
Etats Unis
Tcheco-Slovaquie
Gde Bretagne Suède
ÉTRANGÈRES
Marine de Guerre
PONT D'IENA
STON TROCADÉRO
U.R.S.S.
Passage souterrain
Japon
RUE CHA
Terre d'Isra
Allemagne
Egypte
Pologne
Hongrie
Luxembg

一九三零年代的異境

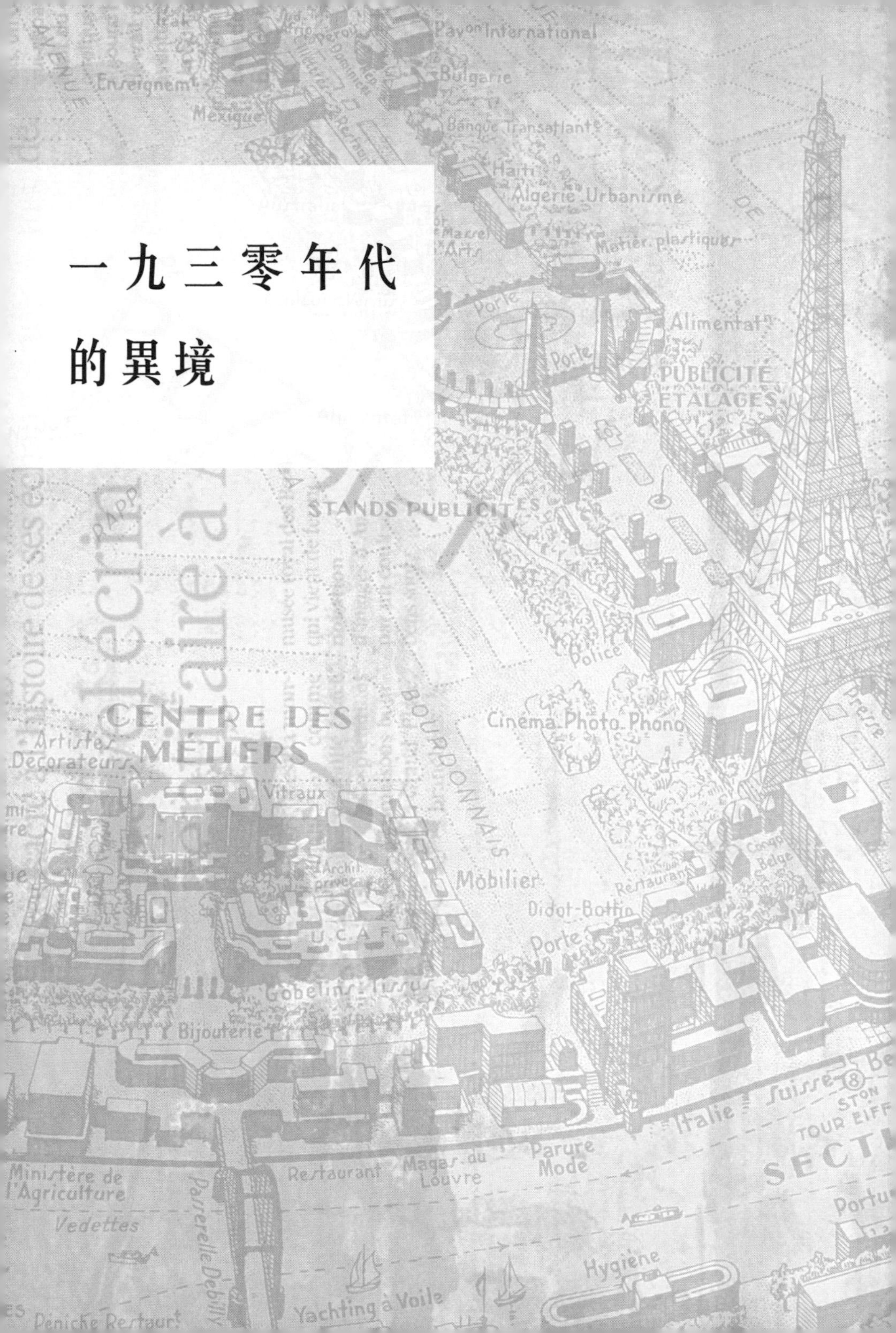

Pavon International
Enseignemt
Mexique
Bulgarie
Banque Transatlante
Haïti
Algérie Urbanisme
Métier plastiques
Porte
Alimentatn
PUBLICITÉ
ÉTALAGES
STANDS PUBLICITÉS
Police
Cinéma Photo Phono
Presse
CENTRE DES
MÉTIERS
Artistes
Décorateurs
Vitraux
BOURDONNAIS
Mobilier
Congo
Belge
Restaurant
Didot-Bottin
U.C.A.F.
Gobelins Tissus
Bijouterie
Italie
Suisse
TOUR EIFFEL
SECT
Parure
Mode
Ministère de
l'Agriculture
Restaurant
Magas. du
Louvre
Vedettes
Passerelle Debilly
Hygiène
Yachting à Voile
Péniche Restaurt

敦煌

武墨的祖母曾提起自己年輕的時候去過敦煌，那是七十多年前的事了。武墨聽的時候，沒有放在心上。而時光如行雲流水般翩然而逝。

某個夏天，她去博物館看一個展覽，卻走錯一個展廳，館內人山人海，她環顧四壁，滿眼華麗輝煌，原來是以敦煌為主題的大展。她原本在炎熱天氣中走得心浮氣躁，但在一室的熱鬧中突然心平氣和。那一刻，她突然想到祖母說過的話，但太遲了，祖母已經往生，她卻異常渴望了解敦煌。

武墨回家問父母，他們也很驚訝，居然說從來沒有聽說過這樣的事。父母異口同聲說，我們老家在江浙沿海，要說內陸，老一輩最遠也就到過重慶。再說七十多年前，兵荒馬亂，敦煌地處西北，交通不便，當時她一個不到二十歲的女孩子絕無可能獨自去那般偏遠的地方，除非有人同行……說到這裡，他們面面相覷，一來覺得這假設可能埋藏著一個意想不到的故事，二來有些唏噓，覺得隔代如隔山，與家中老人這樣缺乏交流，不無慚愧。但是，說什麼都太遲了。

結果，後來武墨自己報名參加了一個敦煌旅行團。其實，是因為當時工作上諸事不順，才會有這樣的念頭——非常想躲到一個遠離塵世的地方清淨數日；或者潛意識裡，她希望祖母在冥冥之中也許會給她一點啟示。總之，敦煌這個名字已經在她心中悄然生根。

就這樣，她與一群陌生人一起從南中國海畔的都市出發，想像自己正一路顛簸，風塵僕僕奔赴傳說中的沙漠綠洲。武墨也試著想像祖母當年的心情，但毫無心得，一切已經滄海桑田。

去敦煌當然是為了看莫高窟，但原來如今參觀莫高窟要先在數字展示中心看兩場教科電影，然後才有資格再乘車輾轉來到石窟所在。他們跟隨導遊徒步走上層層石階，導遊小心翼翼用一柄柄鎖匙依序將洞窟鐵門打開；武墨最想看的那幾間卻不在公眾開放的清單上。她跟著大隊亦步亦趨，心中感慨紛呈——站在高處，放眼四望，周圍的黃沙與洞窟壁畫的絢爛豔麗形同兩極；可她總覺得頭頂的藍天沒有想像中那麼碧藍，新綠的白楊也沒有想像中的老態龍鍾——如果她祖母來過，她們視角所及看到的究竟有多少是重疊的風景？——武墨有絲悵然，覺得自己所見的其實都在預期之中，就像整個時代，一切已經被納入現代操作管理的章程，想要驚喜簡直有點奢侈。

旅行團當晚住在敦煌，第二日就馬不停蹄要趕往蘭州，武墨在最後一刻突然決定多留兩日，自星級飯店搬到當地青年旅社。旅社老闆很年輕，鎮日與入住的那些年輕人廝混在一處。入夜，年輕人喝酒的喝酒，喝茶的喝茶，天南地北閒聊，或者乾脆枯坐發呆。武墨誰也不認識，可是又覺得自己天生就該屬於這樣一群人，心情漸漸放鬆。當老闆坐到她旁邊的時候，她隨口問，不知道這城裡還有沒有從上個世紀三零年代就住在這裡的老人。

她的問題有些繞口，老闆瞄她一眼，拉長音調問，是怎麼回事？

那腔調像個善於賣關子的老人，武墨噗哧笑出來，便接著說起自己祖母的往事，其實三言兩語就把來龍去脈給說完了，旅社的氣氛適合這種不著邊際的閒談，她也不期望真能對往事探個究竟。

誰知，老闆聽了，突然用手掌一拍桌子，道，妳找對人了。我們家世世代代都住在敦煌，而且我有個遠房叔公原先是千佛洞的小沙彌，後來還俗了，但他見過的人可不是一般的多。明天一早，我就帶妳找他去。

沙漠綠洲的清晨來得格外早，天也顯得分外高，老闆帶她穿過新城區，武墨一面走，一面仰望高空，產生想要騰雲駕霧的念頭，希望可以升空越過四周這些單板的城市建築，好盡情遠眺周圍的沙漠風光。

老人原來住在城中新興的公寓裡，屋內陳設也像新瓶裝著舊東西，舊的也是這個新世界的產物，大多是各種量產的生活用品，這可與老人以高齡經歷過的那些年代毫不相干，與她想像的不同。年輕老闆讓她和老人坐下，自己給大家泡茶，同時說明來意。滿臉皺紋的老人，翻起眼皮看了武墨一眼，就眼觀鼻，鼻觀著玻璃杯裡的濃茶出神。年輕人神態悠閒，有一搭沒一搭地拉起家常，說的是他們家族裡眼前的各種芝麻蒜皮小事；因為是老人說話，他換了西北口音，而且大多自問自答，武墨沒全聽明白，但覺得眼看著人生炊煙裊裊熱鬧非凡。老人聽了半晌，終於抬頭，卻說，這都幾十年了，沒人問過我以前的事呢。

年輕的老闆朝武墨擠擠眼，抬高聲音，又把武墨的故事說了一遍，最後大聲道，她祖母來過敦煌，沒準您見過哪……他說了太多話，顯出一些疲態，口氣也開始有些敷衍，想來也不期待真有收穫。

老人不知有沒有聽明白他的話，低下頭只顧冥想。年輕老闆失去了先前的興致，拋下叔公，開始與武墨閒聊，一面繼續周到地替老人添茶。誰知老人忽然突兀開口說，三零年代初的時候，有許多外國人來千佛洞——就是莫高窟嘛……有的時候來的是整支考察隊，經過咱們這裡看一看，然後再浩浩蕩蕩往西面沙漠裡去……嗯，過了幾年，新疆不歡迎外國人了，甘肅一帶的外國人都被趕得乾乾淨淨，那麼來的就只有中國人了。來來去去的人可還是多著呢，我可怎麼記得清有誰。他半眯著眼睛，突然目光炯炯有神，像蠟燭燈芯搖曳生輝，視線在兩個年輕人臉上來回移動，像打不定主意要說給誰聽，然後聚焦慢慢散了，換上自言自語的語氣道，有一次，來了一位軍官，帶著女眷，那女子女扮男裝，穿著軍服。我在做晚課，就在一間石窟當中，燒著香，敲著九響暮鼓。他們以為我沒看見，但是我全瞧得很清楚……他們……他們……看上去這般欣喜，可是畢竟太年輕啊，不知道這人世，一切終歸是如夢幻泡影……

他們聽他聲音越說越高昂，竟似源源不絕，有種豪邁的氣概，頗為蕩氣迴腸，一時被他震住了，可誰知他的話突然又戛然而止。他們再等他開口，老人卻無話，連茶也不喝了，入定了一般。

年輕的老闆無可奈何看武墨一眼，悄聲問，那會是妳祖母嗎？

她想一想，搖頭笑著說，應該不是。我們家沒出過傳奇，沒聽說過有跟軍人打交道的歷史……

年輕人用手指敲一敲桌子，說，那麼這就是另外一個故事了。

老人似乎累極了，半瞇著眼，眼皮似乎一跳，然後眼睛終於慢慢閉上，把自己與周圍的世界隔開，滿臉皺紋彷彿藏了無數不可說的祕密，也彷彿坦白淡定，因為這一生該說的都已經說完了。

後來他們辭別老人，站在敦煌嶄新的街道旁，街道上車來車往，真是時光淘盡多少往事煙塵裡。他們這樣想。

晚上，青年旅社的客人中有人拿出把吉他，於是有人彈、有人唱，一時分外熱鬧，她卻格外沉默。年輕老闆對她招呼得比別人更周到些，彷彿知道她還有心事未了。音樂聲中，她突然想像今天這樣的夜，在多年之後回望，想必會渺小如塵埃。可是，至少，她還擁有今夜，以及今夜之後的那些時間。然後，她發現自己也正開始和著那音樂的節拍哼唱起來，在眾人的和聲裡，她覺得彼此心意相通，可也清楚明白自己並沒有打算跟這裡的任何一個人分享自己心底的祕密，可即便這樣，有一些壓抑難解的煩惱好像就這樣在旅途中被沖淡了，變得無足輕重。

在回程的路上，她想，幸好還年輕——真是僥倖。

EUROPEAN AND EURASIAN
Sept 2 1946
OFFICE OF STRATEGIC SERVICES
REPUBLIQUE FRANÇAISE
5c
POSTES
EXPOSITION INTERNATIONALE
PARIS 1937
CENTRE REGION
Ile de France
Savoie
Dauphiné
Hautes Alpes
Pompiers
Vivarais Forez
Roussillon
Porte
Languedoc
Lyonnais
Alsace
Champagne
Limousin
Perigord
Ain
Jura
Franche Comté
Bourgogne
Picardie
Flandre
Artois
Porte
Côte d'Azur
Provence
Pyrenées
STON REGIONA
Guyenne Gascogne
Corse
Bretagne
Vallée de la Loire
Normandie
SUFFREN
USION
RTISTIQUE
adiophonie Télévision
ET TECHNIQUE
Vedettes
Etats Unis
Tcheco-Slovaquie
Suède
Gde Bretagne
Marine de Guerre
ÉTRANGÈRES
U.R.S.S.
Passage souterrain
STON TROCADÉRO
PONT D'IÉNA
Allemagne
Pologne
Egypte
Japon
Terre d'Israë
RUE CHA
Luxembg

一九一零年代的異境

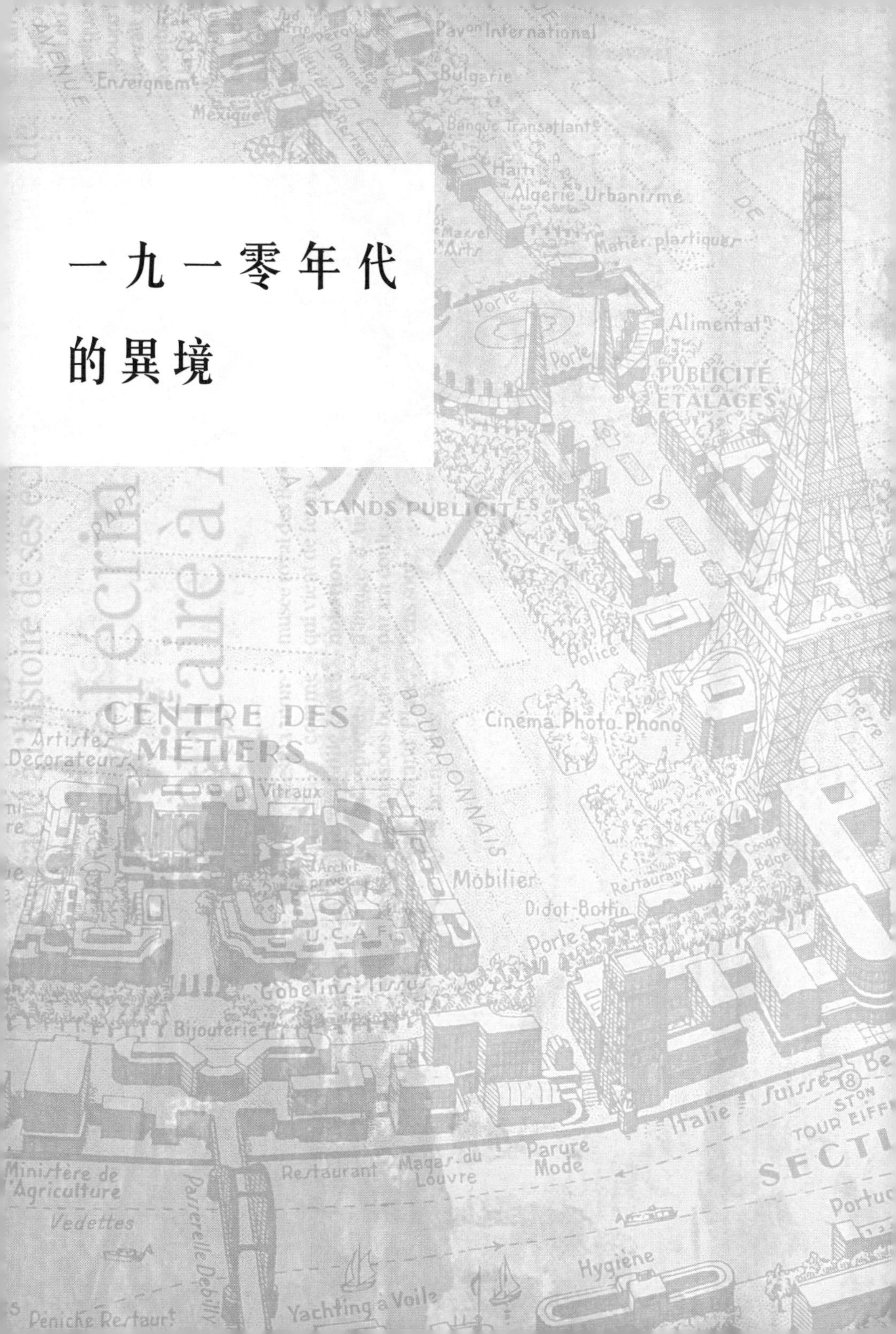
Pavon International
Bulgarie
Banque Transatlante
Algérie Urbanisme
Alimentatn
PUBLICITÉ
ÉTALAGES
STANDS PUBLICITÉS
Police
Cinéma Photo Phono
CENTRE DES
MÉTIERS
Vitraux
Mobilier
Didot-Bottin
Restaurant
U.C.A.F.
Bijouterie
BOURDONNAIS
Italie
Suisse
TOUR EIFFEL
Parure
Mode
Magas. du
Louvre
Restaurant
Ministère de
l'Agriculture
Vedettes
Passerelle Debilly
Hygiène
Yachting à Voile
Péniche Restaurt

恰克圖

小歡暑假的時候去看她表姐，她們同歲，開學都要升高中。她住在香港，表姐住在紐約上州。幾年不見，兩人都驟然長高，變化不小，彼此打量，一時有些生分，半大的小孩便都擺出了矜持的樣子，都不肯先開口恢復邦交。大人便故意派她們一起做些家務活，好讓她們恢復小時候一見面就唧唧咕咕笑個不停的熱鬧。於是，她們一起爬上閣樓整理舊物——小歡的舅母希望把雜物都清出去，如果女孩子願意收藏幾樣古董，決定權在她們。

表姐家一直與老人同住，那座都鐸式的老房子一直是小歡童年記憶的一部分。老人在前兩年過世，老房子捨不得賣，結果重新裝修，外觀風格維持不變，但裡邊格局在改建下脫胎換骨透出簡約之風，也填入了一切現代生活之必需——於是一切又變得合乎時宜，在時間長河裡似乎將繼續理直氣壯地永存下去，而裝修時清理出來的老東西都裝箱堆在了閣樓上。閣樓的燈被打亮，小歡與表姐站在一起四下打量，紙箱子上已經積了一層薄灰，但一切看上去尚算井井有條。

小歡有些疑惑，道，都要扔掉，舅母倒是捨得？不留一些作紀念？

表姐看她一眼，咕噥道，所以才叫我們來看一看——把責任推給我們。

小歡便問，妳想留什麼？

表姐搖頭，道，不知道，打開箱子隨便看看吧。

一起瀏覽舊物，你一言我一語，兩個女孩子倒是很快恢復了往日親密，不過舊東西真多，有老收音機、唱片、電話、玻璃餐具、棒球卡、玩具娃娃、誇張的飾物，還有各種衣服……屬於不同年代、不同主人。兩人固然覺得有趣，卻沒有繼承的興趣，直到看見一箱老照片，才異口同聲說，照片不能丟。

幾箱子的老照片由五六零年代開始，幾乎記錄了老一輩踏上美利堅這片土地的全部歷程。兩個女孩子被吸引，乾脆將箱子搬下來，坐在客廳裡細細翻看，對著照片中人的服飾變遷，指指點點，咕咕笑個不停，就像幼年時候，大人見了當然頗感欣慰。

小歡的舅母也坐下來，捧起本相冊，感慨說，照片當然是要留下來——只可惜老人來美國之前的那些全都沒能帶出來……

話音剛落，相冊夾頁便飄出一幀泛黃的老照片，小歡彎腰撿起，便笑了，道，這一張呢？這可不像是來美國以後才照的。

舅母伸手接過一看，呀了一聲，道，可不是，我竟忘了還有這麼張照片，原來收在這裡了！那是我祖父的東西——嗯，讓我想想，這照片上的應該是恰克圖。

小歡和表姐異口同聲反問，恰克圖？那是什麼地方？

舅母說，恰克圖在蒙古與俄國的邊界，俄國人建了恰克圖，中國人隔著一條河建了買賣城，都是做生意的地方。

那照片顯然偷拍的——照片上的人沒有準備好要照相，驀然驚覺，對著鏡頭的臉嚴肅中帶著意外驚奇。那是一間客廳，擺設明明是歐式的，可其中歐陸情調卻被什麼調和沖淡了，另有一種說不清的異域風情——後邊牆上模模糊糊有個鹿頭，近處桌上卻擺著幾個貼標籤的大罐子，分明就是傳統的中國茶葉罐，標籤應該是紅底，黑字寫著茶葉的名目。照片中央則坐著兩男一女，兩位年輕的男子穿著西裝，女子則是一襲長袍，懷中抱著個嬰兒，那嬰兒的臉在照片上異常清晰，使得那幾位成年人在照片上都變作了背景。嬰兒臉孔的神韻與那女子極其神似，只是一個正對世界好奇觀望，另一個神情中卻有些戒備。兩人一前一後，母親的影像略微朦朧，像浮於時光河流，載沉載浮由不得自己，不過只要她做得到，她願意傾盡全力，不惜任何代價，好讓懷中小小的她可以順流而下……

小歡瞧著她們的面容出神，浮想聯翩，忍不住道，好美。她將照片翻轉，見後面寫著一九一五幾個字，驚訝道，這都一百多年前了！

她表姐驚訝地湊近照片，看了又看，然後用一錘定音的口氣說，美，的確美，有種超乎時代的美。然後再細細端詳，刻意讓口氣顯得內行，跟小歡說，真難得，通常老照片裡邊的人像全都對著鏡頭，正襟危坐，沒見過這種即興抓拍的。

接著，表姐追問自己母親——這照片上的到底是誰？跟我們家有關？

舅母卻搖頭，說，我也不太清楚，這照片太老了，據說是我祖父偷拍的，照片上那幾個人大概跟他有些遠親的關係吧。那時，他剛學會照相的技術，順手拍了些照片，只有這一張成功，不過，拍得真好，可以放到博物館裡去了。嗯，這肯定是他的得意之作，總是夾在一個隨身的筆記本裡，於是就帶了出來。讓我想想——這中間一個男子是他遠房的表哥，另外兩人是兄妹，本來是一個家族的人，但是他們那一支被逐出了家門——他們見面是背著族人——家族大，人與人之間的關係複雜得很……

小歡驚訝，打量她表姐，小聲問，妳家有蒙古的血統，我怎麼從來不知道？

她表姐聳聳肩，欲言又止，彷彿一時不知道從何說起，結果只是吐著舌頭笑了笑。她舅母卻感慨道，原先在蒙古，那也算是個大家族，結果，後來，都是各走各的路了。我祖母是漢人，祖父後來沒回過草原。

表姐老氣橫秋對她母親說，妳不也是在美國出生的？

她母親點頭，說，可不是，過去的事沒人提了，一切像沒發生過一樣。

小歡繼續瞧著那照片，有些愛不釋手，道，照得真好！突然，她咦一聲，指著照片背景上另一模糊的身影，問，那又是誰？

舅母戴上老花眼鏡，仔細看一看，說，是個俄國人——我想起來了，這些俄國人跟他們有生意來往——妳們不知道恰克圖的背景，那地方又被叫做買賣城是有原因的，一切都是為了邊境貿易嘛，許多俄國人在那兒落戶，為著做各種各樣的買賣……她說著說著，聲音低了下去，像自己也不太確定。

結果，她們把這照片挑出來，單獨擱在客廳的櫃子上，打算改日去找個鏡框好好地收起來。舅母若有所思，忙著家務卻心不在焉，最後回到櫃子前，低頭凝視著那照片良久，突然道，我記起來了，這不是個生意人。

小歡和表姐圍攏來，追問，不是生意人，那是什麼人？

舅母一面尋思，一面道，我祖父會說俄文，家裡因為做生意的緣故結交了一些俄國人，那年月，俄國人的背景可複雜了，若不是生意人，那很有可能是職業革命家——這照片上是在俄國人家裡的聚會，這種聚會來的人什麼樣的都有——妳們看，照片上的這些人都是那麼年輕，年輕人總是對世界充滿了希望，他們也許就是慕革命之名去趕熱鬧也不出奇……

小歡和表姐聽了一呆，略微回味，已經覺得外面的世界突然變得廣大無垠，自己如同浮游的細塵，微不足道，她們還想問些什麼，卻又不知從何說起，期期艾艾遲疑開口道，不知那時的世界是怎麼樣的？

這個問題，舅母覺得自己也答不上來，只能勉強解釋兩句，說，那是動盪的年月，蒙古一時宣布獨立，一時又宣布自治，然後又立憲，成立蒙古人民共和國。與此同時，中國俄國也都經歷著無數變故……

她說了一半，也停下來，原來，在歷史面前，她們都不過是些無知孩童而已。

而小歡卻還沒放棄，堅持問，但是妳剛才不是說，他們對世界充滿了希望，不是嗎？

舅母重複希望那兩個字，卻沒有回答是與否。

這個問題，只好留給了時光。

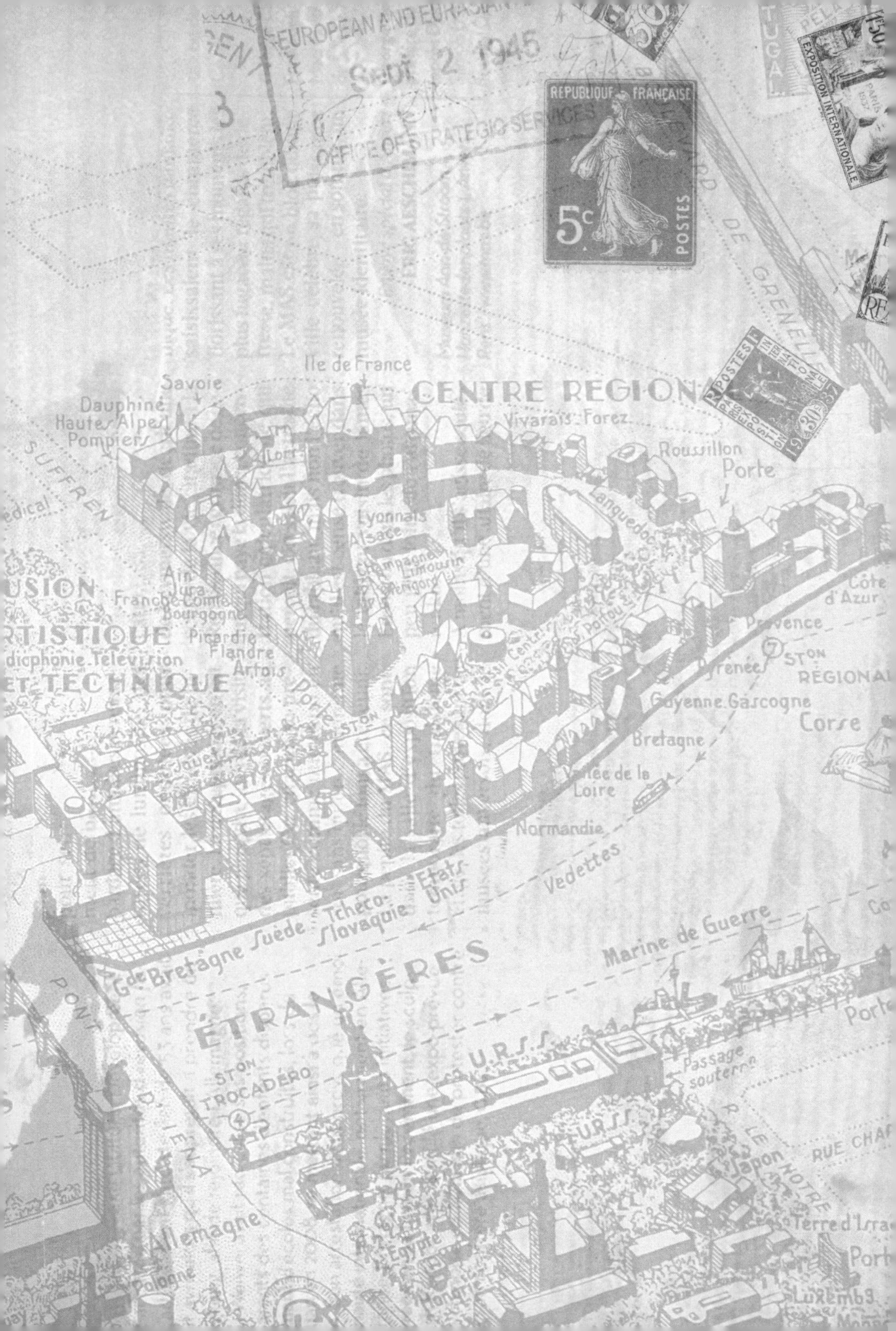
EUROPEAN AND EURASIAN
Sept 2 1945
OFFICE OF STRATEGIC SERVICES
REPUBLIQUE FRANÇAISE
5c
POSTES
EXPOSITION INTERNATIONALE
DE GRENELLE
CENTRE REGION
Ile de France
Savoie
Dauphiné
Hautes Alpes
Pompiers
Vivarais Forez
Roussillon
Porte
Languedoc
Lyonnais
Alsace
Champagne
Limousin
Ain
Jura
Franche Comté
Bourgogne
Picardie
Flandre
Artois
SUFFREN
USION
RTISTIQUE
diophonie Television
ET TECHNIQUE
Côte d'Azur
Provence
Pyrénées
STON RÉGIONAL
Guyenne Gascogne
Corse
Bretagne
Vallée de la Loire
Normandie
Vedettes
Etats Unis
Tchéco-slovaquie
Gde Bretagne Suède
ÉTRANGÈRES
Marine de Guerre
PONT D'IÉNA
STON TROCADÉRO
U.R.S.S.
Passage souterrain
Japon
Allemagne
Pologne
Egypte
Hongrie
Terre d'Israël
Luxembg
RUE CHAP

一九二零年代的異境

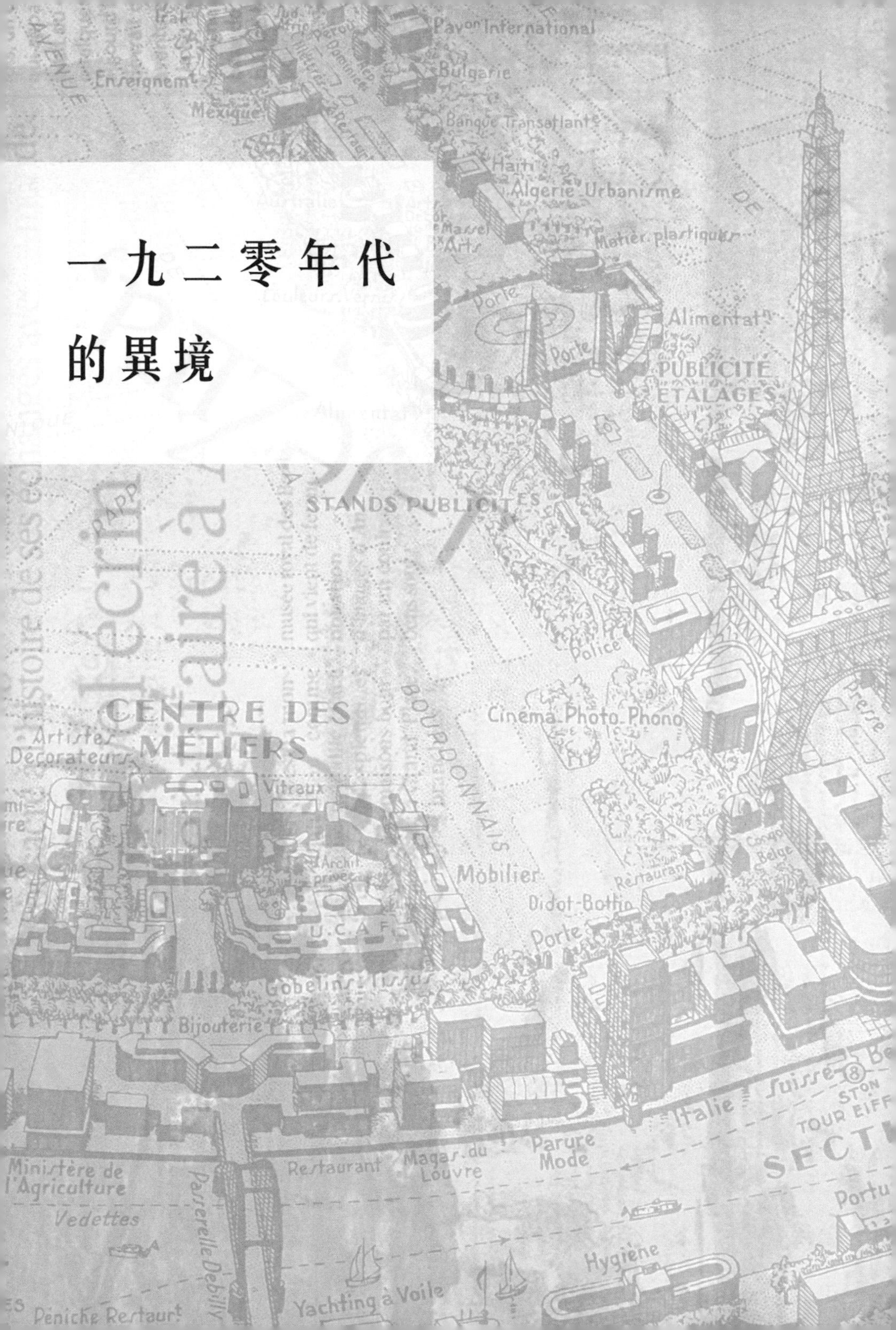
Pavon International
Bulgarie
Enseignemt
Mexique
Banque Transatlante
Haiti
Algérie Urbanisme
Métier plastiques
Porte
Porte
Alimentatn
PUBLICITÉ
ÉTALAGES
STANDS PUBLICITÉS
Police
Cinéma Photo Phono
CENTRE DES
MÉTIERS
Artistes
Décorateurs
Vitraux
BOURDONNAIS
Presse
Congo
Belge
Mobilier
Restaurant
Didot-Bottin
Porte
U.C.A.F.
Gobelins Tissus
Bijouterie
Suisse
Italie
TOUR EIFF
SECT
Parure
Mode
Ministère de
l'Agriculture
Passerelle Debilly
Restaurant
Magas. du
Louvre
Vedettes
Hygiène
Yachting à Voile
Péniche Restaurt

庫倫

中國藝術史這堂課在那一年意外受歡迎。學習中文也同時開始變得流行，學校的外文部嗅到大市場的供需定律，及時增設了中文課。小寒在中國念到中學才赴美留學，中文基本功還算紮實，應徵助教，一舉成功，教一堂小班對話練習課，應付四五個學生綽綽有餘。

其實是因為上一年紐約大都會博物館推出與中國主題相關的展覽，風靡全城，學校才會在新學期開始，及時增設人文課教中國藝術史，傳說教課的客座教授是業內泰斗，於是旁聽的學生也多了好些。教到元代部分時，蒙古人阿瑟也出現在旁聽學生之列。阿瑟也在學中文，是小寒的學生。

教授將元青花鬼谷子下山圖罐投影於屏幕——主人公鬼谷子坐著一虎一豹拉的戰

車，正要下山搭救齊國名將孫臏和獨孤陳，一派運籌帷幄的姿態，勝負彷彿已見分曉。教授將歷史背景數言帶過，說該件瓷器在年中倫敦佳士得的拍賣會上創下了中國藝術品的拍賣紀錄，成交價一千四百萬英鎊。學生們很配合地哇一聲驚嘆，緊接著課堂一片竊竊私語聲。阿瑟在這時舉手，朗聲說，我小時候，在家裡也看到過這樣一個罐子。

課堂上靜下來，大家轉過頭去看誰在說這話，教授示意他說下去。阿瑟卻道，我祖母用那罐子種了一盆草。

大家便轟然都笑了。教授卻正色道，誰也沒有說過那拍賣的青花罐是唯一傳世之物，繪有人物故事的元代青花罐現在知道的就有九件之多，如果有一兩件隱藏在民間，一點也不稀奇。許多傳世之寶，在被發現之前，在人們眼中不過是些尋常器物——你祖母住在哪裡？

阿瑟說，她住在烏蘭巴托，已經過世了。課堂上又傳來一片失望嘆息聲，有人問，那個罐子還在嗎？

阿瑟說，罐子不知道去了哪裡。不過記得小時候回烏蘭巴托的時候，那青花罐子已經破了一半——上半部損毀了一圈。

有人便竊笑，並且發出一片噓聲，說，不會是編故事吧？

教授說，在烏蘭巴托？這很有意思。烏蘭巴托是蒙古首都，原來叫做庫倫，是在清代才設城立防的。元代大都在現今北京城的位置，而青花是在景德鎮燒製的。你見過的青花如果是真品，是如何到烏蘭巴托的，倒值得推敲——你們家是蒙古人？

阿瑟點頭。有人吹記口哨，說，他是美國人，他出生在這裡⋯⋯

一堂課已經到了快結束的時候，教授看錶，阿瑟張張嘴，也許還有話說，卻臨時改變主意，只是跟著大家笑一笑，一堂課熱熱鬧鬧結束了。

第二天的中文對話課，小寒見到阿瑟。那天剛好別的學生都請假，小寒說，只有你一人，比較自由，說什麼都好，反正都是練習口語。然後開玩笑，道，要不乾脆說你家的青花。

阿瑟笑道，原來昨天上課妳也在？——那教室太大，人又多，沒看見妳——嗯，這倒是可以講一講，但是就怕我的中文水平講不好。

小寒說，你的口語並不差——你本來就學過中文吧？

阿瑟說，我父母會說中文的——我們家以前在蒙古的時候是跟漢人做生意的，家裡的老人也都會說漢語。

小寒作恍然大悟狀，說，原來是這樣，那青花是不是做生意的時候帶過去的。

阿瑟點頭，說，妳猜得很對。我祖母跟我講過那青花罐的來歷。她說那青花就是以前跟我們家做生意的一家漢商託人從關內帶出來的，好像是這圖上的故事跟他們家還有些關聯。罐子在路上卻不巧損壞了，後來就放在我們家沒有拿走——那都是清朝時候的事了。後來，蘇俄在蒙古的勢力影響越來越大，漢人不受歡迎，大多被迫離開，留下來的面臨各種清算，各種人因為各種原因付出各種代價。那一家漢商也家破人亡，我祖母小時候見過那家人留下的唯一孩子——那少女在他們家逗留了大半年然後獨個離開蒙古，不是尋親就是靠友。祖母說，其實那少女也有蒙古血統——她祖父早年在草原上留下來，據說是因為與一位蒙古女子相戀的關係。——總之，祖母說那女孩子騎馬騎得那麼好，有蒙古血統是一定的……

說到這裡，阿瑟笑了，說，我祖母覺得世界上只有蒙古人才懂得騎馬——奇怪，都說祖母記性越來越差，這麼遠古的事她倒是記得一清二楚。她說，家裡來過那麼一個人，就像這個家的一部分，忘也忘不了，包括那年月的事也像是刻在石頭上的印記——庫倫剛剛變成烏蘭巴托——記憶當中，好像是幼年的某個夜晚之後，凌晨醒來，城市已經改名，同時有宏亮燎原的聲音向所有人保證從此以往世界將是一派光明——可是，她一直覺得那女孩獨自踏上的旅途，才是新世界的一部分，而她留在原地，只能用等待來迎接新世界的來臨，只是漸漸地，人們便忘了要那嘹亮的聲音兌現承諾，因為那保證變得越來越模糊不清，生活變得粗糙而脆弱，人們失去了探詢的勇氣，也不敢好奇。

正在這時，外語系的主任推門探頭進來，奇道，這不是中文口語課？怎麼聽你們盡說英文，說什麼，這麼投入開心？

小寒紅著臉，想，可不是說著說著就忘了，她說，我們在說跟中國文化有關的話題。主任說，敢情好，但是別誤了上課——只有一人，上課也不要馬虎。然後故意作個頗威嚴的表情，輕輕將門帶上。

阿瑟吐吐舌頭，說，我是在八零年代末才跟父母第一次回蒙古的，那時，美國與蒙古建交了，來去變得方便。那個青花罐子——不是我吹牛，花紋跟昨天照片上的一模一樣——我記得可清楚了——祖母與我聊得那麼投入，也就是那一次。前兩年回烏蘭巴托，找不到那個罐子了。一個東西，從哪裡來，去了哪裡，真的說不清。昨天想問教授這罐子本來是不是該算是蒙古的東西？然後停一停，用英文說，蒙古人在漢人的歷史上橫插了一腳，模糊了許多的界線，歷史和文化少了哪一環都不是現在這個樣子，但是一切的偶然成就了今天的一切——有些東西，是誰的，大概是沒什麼好計較。

小寒笑一笑，點頭同意，一字一句，用中文，同他說，對，也許是不用計較。

歸化

歸綏就是後來的呼和浩特，在內蒙。本來是兩座城，一新一舊，即是歸化和綏遠，後來兩城合併，便叫做歸綏，那是清末民初的事。傑克家姓林，祖籍山西，曾祖父在歸綏的山西會館做過掌事，那差不多是北伐勝利的光景，整個國家地動山搖，小老百姓的生活也受到影響——事隔多年，流傳下來幾個故事，都是傳奇，反而缺乏真實感；每年家庭聚會，長輩感懷身世，便要將故事說一遍，也算是代代相傳，沒有忘記根本。傑克不曾見過曾祖父，曾祖父的時代離他太遠，一九二零年代對他來說已經是古時候，晉商在西北創業的往事不比歷史教課書上記錄的年代事件更吸引人，一切俱往矣。傑克是從他祖父口中聽到那些故事的，也算耳熟能詳，可祖父覺得自己講的歷史，孫子並沒有真的記在心裡，因此每次講完那些商路上驚心動魄的往事，都要長吁短嘆一番。

傑克的祖父自己出生於一九三七年，那之前的事他其實也是道聽塗說。一九三七年盧溝橋事變，舉國擔心多年的衝突終於發生，但所有人都知道那只是個開始，而不是結束，更大的戰事即將來臨，普通人對未來只憑想像也覺得膽戰心驚，只能等著歷史的浪潮蜂擁而至將自己淹沒。那時月，戰亂從沒停止過，歸化一帶軍隊迎來送去是尋常風景；生意不好做，大商號勝景不復當年，紛紛結業回故鄉。曾祖父一家原本依附著大商號生存，一榮俱榮，後來則大勢所趨，不得不也離開了歸化。曾祖父做生意那些年積累的人脈派上了用場，一家人雖然輾轉辛苦，但是到底還是相互扶持走了出來。傑克祖父出生在天津，再後來，他們家在連綿不斷的戰爭中一直南遷，執著地朝著一個方向走，最終定居南洋。家族越來越大，但後輩天南地北，散居各地。長輩有時感覺困擾，覺得兒孫沒有把家族歷史放在心上，事實上，過去在他們自己的記憶裡也早已模糊。

傑克的曾祖父留下一張照片，是在歸化三晉會館前拍攝的，會館建築看上去跟內地的廟宇異曲同工，巍峨宏麗，站在正門前的曾祖父也自有一派威儀。那照片已經泛黃，放在一堆家庭照的鏡框之中一直不引人注意，但是傑克的祖父一時興起，在農曆年家庭聚會的時候，將傑克叫到身邊，交代他要把那張照片掃描保存。對於傑克來說這是小菜一碟，立刻滿口答應。

他把照片取出鏡框，才發現照片底端有一行字被鏡框擋掉了，那一行字模糊不清，他看了半天只看懂其中「國民軍」幾個字，心中好奇，只好去問祖父，祖父捏著照片一角細細看了半日，想了想，才說，我記起來了，這照片是國民軍中的照相師幫你曾祖父拍攝的，那時照相是件稀罕事，你曾祖父很珍惜這張照片，難得這些年保存了下來。

傑克隨口說，曾祖父倒真的交際廣闊，與軍隊中的人也有交情？

祖父道，也可以這麼說。他幫國民軍一位長官辦成了一樁難事，那長官就做個順水人情。他看看傑克，問，國民軍是誰的軍隊，你知不知道？

傑克搖頭。祖父拍拍身邊位子，讓他坐下，道，國民軍是馮玉祥的軍隊，當時在西北很有勢力，他有蘇聯人的支持，因此軍中設有蘇聯顧問，這些蘇聯顧問大多不通中文所以要找翻譯，你曾祖父張羅著幫他們找到了要找的人。

傑克敷衍著哦了一聲，並不覺得故事有特別精彩之處，誰知祖父接下去說，這翻譯不好找。那長官開出的條件是要找一個女翻譯。那時，會館來了一個蒙古的少年，俄文倒是流利，那長官派人來看，覺得不是要找的人，一不留神差點就將人放走了，還是你曾祖父看出來她是女扮男裝，硬是將人從城門口找了回來。

傑克剛被故事吸引，祖父卻已經講完，祖父看他失望，微微一笑，似乎在意料之中，呵了一聲，便又補充了幾句，道，後來你曾祖父帶著全家回天津，路上遇見那位長官的手下領兵東進，便搭了他們軍隊的順風車，路上兵荒馬亂，那一段路途尤其艱險，就因為這段交情，一家人倒是保了個平安。只是那位長官本人已經不知所終，馮玉祥的軍隊那時也已經被蔣介石收編。世事環環相扣，誰也想不到哪件事最終會引向什麼方向。

傑克一怔，這句話和這段故事便這樣記在了他心裡了。

定遠營

小賈隨外景隊到了內蒙古阿拉善的巴彥浩特，才知道這座城子以前被叫做定遠營——城門外側門楣上至今還留著這三個石刻大字。劇組在準備一齣清宮戲，按理說該在影視城把所有鏡頭都解決了，但是美術指導一時興起，要來看看「塞外小北京」的王府——小賈是跑腿的，得了號令，便跑在最前頭，但他不相信劇組真的會搬到這麼遠的地方來取外景——他們根本沒有這個預算——他猜測應該是美術指導跟導演意見相左，加上劇組開機押後，他們都在影視城待得悶了，所以打著幌子來散散心——清宮劇多得是，互相取經就可以了，他們的也不是年度巨制，似乎不值得特地跑那麼遠來看一座清代邊陲之地的王府。他聽嚮導介紹歷史，只聽見一句——阿拉善和碩特旗王阿寶征討平定了青海和碩特部的叛亂，因此晉爵封王，開拓造城——導演話還沒說完，他便開始開小差，覺得那些名字聽著費神，一隻耳朵進，一隻耳朵出，放棄了研究這段雍正年間歷史的機會——都三百年前的往事了，過去便過去了，何必糾結——他這樣說服自己，所以乾脆把注意力放在城牆、四合院、建築之上，但是一時分不清哪些是古建築，哪些是破壞之後又重建的——歷史真是折騰，正如他們劇組做一齣戲，為了營造高潮，搭景拆景免不了無數浪費。

替他們開車的司機不是本地人，來自張家口，年齡與小賈相當，大家都叫他小董。小賈跟小董很聊得來。說起家族生平，小賈覺得自己家世乏善可陳，報上名姓籍貫便無話可說；而小董卻來了精神，他有滿肚子故事等著一吐為快——他家上溯幾代是張家口的駃戶，趕著駝隊，穿梭在內蒙和外蒙之間的大戈壁上；運茶運貨，也曾跟著清軍征戰——個人歷史溶於大歷史，因此說起同治、光緒年間的回亂，以及稍後左宗棠西征收復新疆，言之侃侃，說得頭頭是道，年分地點全都有條不紊，場景彷彿個人親歷，被他說得活靈活現，時代人生跌宕起伏。小董這種山海經般的敘事法，小賈愛聽，一時覺得長了不少知識，好像補上了歷史課。因此當小賈站在城樓上，放眼遠望的時候，心中就頓生了些豪氣——原本有些豪氣也是應當的，他們做影視，不就是無中生有，硬生生架起一個半真半假的世界，目的就是要讓觀眾不勝唏噓。小董將家族故事和盤托出，交給一個影視人，也大感滿足，覺得那些家族往事，也許終有還魂的一天，變作眾人的故事，也不枉費他上溯數代前輩的經歷。

在定遠城城牆上遠眺的時候，小董與小賈並肩而立，在小賈面前，小董已經儼然成了歷史權威人士，一張口便以「從前」二字開始。故事講多了，小董覺得彷彿畢生所學都在這兩天傾囊而出了，漸漸詞窮，可聽眾和自己都還意猶未盡，於是搜腸刮肚要找一些新的素材。在城樓上，塞外的風迎面吹來，他心中一動，又想起一樁軼事，覺得不能錯過。

於是，他說：你知道嗎，二零年代的定遠營，是可以被稱作諜都的，這麼說一點也不誇張。那時這是許多外國考察隊的必經之地，去蒙古、甘肅或新疆的，都會從這兒經過……什麼人都有，瑞典人、日本人，還有俄國人——俄國人來來往往很多，那時蘇聯支援馮玉祥的軍隊，幾百萬盧布的軍需大多是在這兒交接的。我爺爺替馮玉祥的軍隊運過一些東西。有一回，來了一個蘇聯顧問，一來就打聽前頭一支隊伍有哪些人。可前面的人已經走了個把月，他想必是不想引人注目，所以不問軍中的人，反而找了我爺爺這趕車的細細盤問。巧就巧在我爺爺一聽就知道他在找哪一個——前頭那隊人裡有一個小兵，女扮男裝，所有人恐怕都看出來了，卻不點破——或許是不敢點破——大概只有她自己不知道別人其實都看得一清二楚。那個蘇聯人確認了這小兵的樣貌，鬆了一口氣。我爺爺說他這才明白那些大兵肯這樣遷就那女扮男裝的小兵，顯然是因為這個蘇聯人的關係。你說奇不奇怪？

小賈愣了一愣，才明白是在問自己，順水推舟，乾脆地回答，當然奇怪！然後卻不知道要說什麼好。他忽然覺得有些心虛，因為自己對歷史的全貌缺乏了解，全然不知道該把這一段軼事放到什麼樣的範疇裡去考量，而他們編排的那些劇集與之相比，簡直太缺乏想像力。

小賈極目遠眺，想尋找從小古詩中讀到的「風吹草低現牛羊」的風景，但他明明置身在一個城市裡，而這城市近在眼前，但過去的卻是這樣遙遠。

這時，小董望著遠處，突然說，最好的故事都已經埋沒。

這話彷彿是一個總結。

包頭

小願的父親在矽谷做了三十年工程師，年中退休，忽然宣布要回上海講學，順便開同學會，再故地重遊，老朋友們早就安排好了江南古鎮巡遊路線，而且還要去包頭逛一逛。小願見他興致勃勃，彷彿擺開架勢，準備開始一段新的人生，固然覺得安慰，同時也有些驚訝，因為自己從來不知道父親還有這些錯綜複雜的社會關係。她母親卻糾正她，說，那怎麼算是新的人生，這不過是他之前那段人生的繼續——妳父親到矽谷來之前，可是在中國生活了三十多年，那半輩子的故事，可不到了理一理的時候？妳有空，也可以跟去看看，要不然，對長輩的事一問三不知，總不太好。

小願想想有道理，剛好去上海出差，便趁著週末時候，跟著長輩去湊熱鬧，先逛了她父親當年求學的大學校園；然後由她作東，請長輩消閒吃飯，接著一起開往周邊小鎮，到了周莊、同里、烏鎮，走馬觀花，雖然知道對於長輩來說一切已經滄海桑田，可她自己覺得諸事新鮮，看得頗有興味。小願十歲不到隨父母在矽谷定居，老一輩人說的往事，對她來說不算難以了解，他們口中的那些歷史大事她在書本上也讀到過。稍後，他們要去包頭，她因為工作，無法隨行。

小願父親是大學畢業時候被分配去包頭工作的，那時候的年輕人都被號召要到偏遠的地方去。小願的叔叔還沒上大學，趕上了上山下鄉，去的是新疆；她的父親大學畢業之後，也被要求離開城市——後來兩人都花費了相當大的精力才重新回到出生地。小願母親常常開玩笑，說小願差點變成了包頭人。

這一次，包頭是小願父親行程的最後一段，而小願在上海等父親回來，然後一起飛回三藩市灣區的家。她在地圖上找到包頭的位置，滿腦子關於草原的羅曼蒂克想像，覺得自己錯過了一望無際的碧草藍天、羊群白雲。

小願父親終於從包頭回來，與老朋友在上海告別，顯得心滿意足。小願問他在包頭做了什麼，他說，回以前那間工廠看看，見見老同事，然後吃了全羊宴。

小願好奇問，那也是設計電路的工廠？為什麼要去那麼遠的地方設計電路？——她知道父親年輕時候學的是無線電專業，畢業工作學以致用當然天經地義。

父親笑她無知，道，設計什麼電路，那時我們鎮日做的啊，不過是大煉鋼鐵。

那閒了去草原逛逛？騎騎馬？小願知道大煉鋼鐵的典故，吐吐舌頭，繼續搭訕著問。

唉，哪有時間騎馬？都顧著學習了。

學習？學什麼？

就是那時候人人都學的那些嘛！父親說，那時娛樂有限，閒了不過是聚在一起天南地北聊山海經，廠裡的老人愛說故事，倒是聽了好些書上沒有的民間往事。可惜這次回去，沒有見到那幾位老人，時光不留人哪。他嘆道。

小願對那些故事感興趣，她父親卻道，瑣碎的事情哪裡記得住那麼多，也只有一兩件印象比較深。他尋思道，記得有一家人，幾代都在張家口與庫倫之間跑生意。清代早期，漢商在蒙古經商有諸多限制，後來規矩時緊時寬，到了民國時期，一盤生意都還在；但到了俄國革命之後，蒙古受蘇聯影響愈來愈深，跟南邊的各種聯繫被刻意切斷，生意就當真做不下去了。不過，在一九二零年代出現了一段窗口期，當時列寧剛過世，也許蘇聯國內鬥爭激烈，一時不能兼顧蒙古事務，邊境管制明顯寬鬆，商家抓緊時機又開始跑庫倫——當然，那時庫倫已經改名叫做烏蘭巴托了。有一趟，他們受人之託，從庫倫捎回個女孩。女孩一路穿著男裝，以為別人看不出來，其實，這怎麼可能，大家不過是不說破罷了。

穿男裝是怕路上有不必要的麻煩吧？

當然。小願的父親回答，所以，她才會搭著商隊南下，可還是出了意外。那時走趟庫倫不容易，商號儘量多帶貨，需要僱新手趕車，臨時找來的夥計，不知根底，就出了岔子。女孩子長得標緻，身上應該還帶了些錢財，就有人見財起意；幾人一開始不敢貿然動手，等到了綏遠，女孩子跟商隊分了手，還一直跟著她到了包頭。哪裡知道，去了三人，回來的只有一人，丟了性命的那兩人只能說是咎由自取。

出了什麼事？小願追問。

她父親想一想，接著道，那女孩子會俄文，在綏遠的時候，國民軍部隊找翻譯，她應徵一試即中，跟著軍隊西進，路途當然少了許多艱難。等軍隊到了包頭，那幾人緊隨其後，覺得再不行事恐怕夜長夢多，哪裡知道螳螂捕蟬，黃雀在後，他們那些小計謀早被人看在眼裡，才有動靜，就被人先下手為強，而且根本沒得好商量，一上來就直接被取了性命。只有一人僥倖躲過，大概因為有內急，匆忙走開，回來時就是他目睹同夥折在一個當兵的手裡，他躲在暗處一聲也不敢吭。

小願駭笑道，這又是什麼人？

小願父親說，奇就奇在這裡，那女孩子分明是有人暗中保護著，她一路從庫倫過來，一直是單身一人，從哪裡冒出來的保護人，連她自己恐怕也不清楚。那個回來的小混混，也是沒出息，也許是魔怔了，這樣丟臉的事竟還跟人宣揚，繪聲繪色形容出事那晚，如何月黑風高，如何驚險——那當兵的身手如何，說了什麼樣的話，語氣模仿得唯妙唯肖——冷風蕭瑟當中，那一位軍官大喝一聲，道——這人你們也敢惹，真是不要命了——到末了，他無論如何也想不通，這無依無靠的女孩，到底是什麼人，為什麼就惹不得，想要找個說法，討個公道。

那他是被嚇傻了。小願皺眉想一想，道，是什麼人？她是人家找的翻譯嘛！

小願父親搖搖頭，道，不止這麼簡單，這大概也可以算是個傳奇的一部分了。那時，西北一帶地域政治錯綜複雜，我猜會俄文的人，很有可能有不一般的蘇聯背景；別說俄國人，還有日本人也在那一帶活躍著，常常有考察隊，藉著探險的名義過境，各有各的目的，誰都在找自己的代言人……那幾人是小蠅子撞在了歷史的大網裡了。

小願嗯了一聲，忽然問，你在包頭的時候……

他父親擺擺手，哦了一聲，說，我在包頭的時候，時代又已經不同……那時的日子過得簡單……時光白駒過隙，然後我們都離開了，忙著把蹉跎的時光補回來。

黃河渡口

妙妙純粹是心血來潮想看黃河。

她學金融，暑期找到機會在香港的投資銀行實習，要北上去黃河倒是方便，於是趁長週末，跟著一個旅行團從香港飛到了蘭州，正好趕上附近永靖縣的旅遊節，據說許多節目會在黃河邊上一字排開。旅遊節其實跟敦煌有關，打著絲綢之路的名號，頗有先聲奪人之勢。妙妙只恨自己假期太短，去了黃河，便到不了敦煌。

除了她，旅行團成員都是退休人士，幸好在機場集結的時候，還有個年輕人拖著手提箱，站到她邊上，笑嘻嘻說，看來，整團只有我們兩個年輕人。這另一個年輕人自我介紹，說，我叫弗拉德，是俄國人。

妙妙哦了一聲，打量他，好奇問，你住在香港？

弗拉德理直氣壯說，我在香港工作，當然住香港。再多聊幾句，妙妙便知道他的工作正是自己實習之後的目標——投行的分析員，而他雖然自稱是俄國人，卻是在美國長大的孩子。這一點，其實跟妙妙一樣——她家自上海移民美國，所以在美國出生的她聽說過黃河，卻沒有見過，這一次終於可以一睹為快——她於是問弗拉德，怎麼會參加這個旅行團，難道也是專門為了看黃河不成。

那時，飛機已經起飛，弗拉德正看著外頭窗下逐漸縮小的陸地和波光粼粼的一片南中國海水，聽到她的問題，轉頭過來，正色回答，我祖父在蘭州住過。

妙妙咦了一聲，敷衍問，真的？是什麼時候呀？她心中覺得那應該就是近幾年的事吧，這些年，外國人去中國住段時間，然後自詡為中國通，也算稀鬆平常。

誰知弗拉德掐著手指，想了想，說，大概是一九二零年代左右。

妙妙聽了頗吃驚，問，那時候？他怎麼會在蘭州？

弗拉德靠在椅背上，看上去十分放鬆，他回答說，祖父曾經在中國的軍隊裡作軍事顧問，在西北待了好多年。我小時候，他跟我說過許多西北的故事，還說到在黃河渡口坐羊皮筏子的經歷，聽上去驚險刺激，卻沒法想像。你猜怎樣，我看到這次旅遊節的照片中居然有羊皮筏子比賽，所以打算去看一看。

妙妙說，原來如此。後來呢？

弗拉德說，什麼後來？

你祖父後來怎樣了？

弗拉德說，後來，他就回蘇聯了呀。那軍隊的將領原先親蘇，拿了許多蘇聯的援助，但後來大概立場變了，雙方分道揚鑣，軍隊裡的蘇聯顧問就不需要了。他笑一笑，說，再後來，我們家就離開了蘇聯，到了美國，那是祖父一輩的事，怎麼發生的，我祖父不提，我父母也說不清，反正也沒人問，說不清的事，多說無益。

妙妙對歷史的細節不太重視，對他提到的羊皮筏子反而有很大的興趣，弗拉德比劃著，也說不出個所以然，便笑道，去了黃河邊不就知道了？

滾滾黃河之上果然有羊皮筏子，貨真價實由羊皮紮製而成——一張木筏下面結了十數張吹成筒狀的整張羊皮，在波濤當中起起伏伏，便能藉著浮力渡河了。羊皮筏子以前叫做革船，是黃河上游主要的擺渡交通工具，到了今天，若不是作為一種懷舊運動而存在著，恐怕已經消失了。妙妙與弗拉德自然也湊熱鬧上船擺渡，在黃河祁家渡口迎著滔滔黃河水，在小小顛簸之中由此岸漂向彼岸。那天風平浪靜，渡口附近紮著彩旗，旅遊節的條幅在風中居然紋絲不動。遠處有人在快艇牽引下，從水面飛掠而過，不知是水上滑板還是滑翔傘。妙妙忍不住問導遊，這黃河的水是不是一向這樣平和無浪。導遊噗哧一聲笑了，瞥她一眼，回答，姑娘，安全第一，不安全的時候，便不會讓你們遊客下水，換在以前也是這樣。

弗拉德坐羊皮筏子的時候看上去卻全神貫注，好像要印證此行就是為了坐羊皮筏子而來，表情十分鄭重，彷彿滿懷心事。妙妙看了不禁覺得好笑，弗拉德看她一眼並不解釋，到了晚餐時間，坐在一起，妙妙學他的神情正襟危坐，他笑了，這才開口說起了前因。原來，當年，弗拉德的祖父要離開蘭州的時候，正逢黃河漲水，蘭州的鐵橋被淹了，只好找羊皮筏子渡河。弗拉德道，我祖父有特別的任務，接了命令不敢不出發，於是只好到祁家渡口碰運氣。當時天氣惡劣，沒人願意接這活，他帶了軍中的一個小翻譯，一家一家詢問才找到一個願意攬活的老人。羊皮筏子倒是神奇，那樣的大風大浪中居然渡過了河。祖父說，他若不能按時回到當時軍隊駐地，就是違背軍令，後果嚴重，甚至家人也會受到牽連——總之，我一直好奇，想親眼看看這羊皮做的筏子到底是怎樣渡河的。

妙妙說，原來如此，只是以今天的天氣，挺難想像風雨的驚險。你祖父能說服別人替他渡河，倒是不容易。嗯，也許是重賞之下必有勇夫。

弗拉德卻搖頭，說，祖父說多虧那個軍中的小翻譯，他自己一句中國話也不會說，沒有她替他求情，可成不了事。

她？妙妙疑惑地問，以為弗拉德用錯了稱謂，誰知弗拉德笑一笑，說，就是她。那個翻譯是個女孩子。他們也覺得奇怪，聽說是上級特別從蒙古烏蘭巴托找來的翻譯，很年輕，一直男裝打扮，眾人看出來了，也不敢點破。——他們那些軍中的顧問，誰都有一些特別任務，知道不該多管閒事。

妙妙越聽越好奇問，特別任務？然後心中一動，頗興奮道，你指的是情報工作？

弗拉德卻懶懶地回答道，這我祖父從沒有細說，他不說，我們家人都沒有旁敲側擊問他的習慣，舊事就無從知道了——從小，他最愛這樣教導我——有些事，不知道才是最好的。

妙妙覺得他的話有邏輯的問題，哪裡不對，卻又說不清。外頭，黃河水滾滾東去，弗拉德滑著自己的手機，好似沒了說故事的興致。妙妙也無所謂，這一趟，她揀了幾塊歷史的碎片，回顧了些軼事，也該滿足了，一切所得都是意外。

住度假村，穿救生衣渡河，看黃河邊新建的復古水車，吃地方小吃，短短的假期很快過去，一來一回，像一場夢一樣。妙妙回來，睡了一覺醒來，甚至懷疑自己究竟是不是真的去了一趟黃河。

蘭州

廖余是蘭州人，不過在臺灣念大學。他收到臺灣大學錄取通知書的時候，他的爺爺吃了一驚，問，現在可以到臺灣去念書了？

廖余笑著回答，那有什麼稀奇，早就應該了。八零年代，大陸的學校就開始招收臺灣學生，現在都二零一一了，世界能不變嗎？

他爺爺一怔，說，時間過得真快……好，好，去臺灣念書也好——聽說，臺北有條蘭州街——你回來時，帶張照片回來，讓我看看那蘭州街是怎麼樣的。

廖余一口答應，順口問，您是聽誰說的？臺北真的有蘭州街？

他爺爺卻出了神，好像沒有聽到他的問話，他也沒有介意。

結果，等他到了臺北，發現不單有蘭州街，還有迪化街、哈密街、敦煌路——老城區西北角的街道以中國西北省分的地名命名；別的方位也都能在中國地圖相應位置上找到名字——一個城市的地圖簡直包含了整個中國的版圖，如果熟悉地圖，找路倒是方便。

假期回蘭州前，他果然排出時間要去蘭州街拍照。他的同學卻說蘭州街很普通，不知該拍什麼，不如順便去吃宜蘭正常小籠包，也算不枉一行。廖余有些失望，問，難道蘭州街沒有蘭州拉麵？

同學道，這又不是真的蘭州。蘭州拉麵雖然也有，不過在別處——在臺北，恐怕任何一個省的小吃都找得到。結果同學帶路，他們一起吃了小籠包，外加蛤蜊絲瓜湯和鮮魚豆腐湯——蘭州街不是名勝所在，但幸而臺北到處有美食小吃怡情。他吃得高興，差點忘了正事，結果臨走匆匆用手機拍了一些照片，不過是尋常街景。同學知道他是替爺爺拍照，便問，老人家有什麼特別情結？非要看臺北的蘭州街？

廖余毫無頭緒，原來他對爺爺的過去一無所知。

回到蘭州，他向爺爺報告。爺爺戴著眼鏡看手機屏幕上的照片，看得很仔細，也看得很費力，看了又看，結果卻只是喔了一聲，說，是這樣的啊，看不出跟蘭州有關係。

廖余笑了，說，可不就只是個地名而已。然後好奇問，爺爺，我們家是一直都在蘭州的？從沒離開過？

爺爺說，從我祖父這輩起，我們家就在甘肅落腳了，但我們家原本是浙江人……

哦？廖余便問，為什麼從江浙去西北？不會是因為逃難？

怎麼是逃難呢？廖余爺爺搖頭，耐心解釋道，清朝同治年，左宗棠進駐蘭州設置製造局，為征討阿古柏收復新疆作準備。製造局本是隨營製造軍械的機器局。當時，胡雪巖以自己在上海灘生意場上的信譽作擔保，出面向英國滙豐銀行貸款，於是製造局買機器，請洋匠，也召集了廣東、浙江的專家和熟練工匠，開始生產槍炮彈藥，不但仿製德國和義大利的先進武器，也改造自己的劈山炮和無殼抬槍。我祖父就是那時候從杭州遷至蘭州的，後來就留了下來——按現在的說法，當時也算是個工程師。蘭州跟杭州不一樣，看不見細膩的江南風光，但有它大氣的地方，在那時候就很國際化了，來來去去各種各樣的商人，有蒙古來的、西藏來的、新疆來的，有土耳其人、印度人、俄國人、英國人……這不是絲綢之路嗎？無數人經過……

廖余啊了一聲道，原來是這樣……那機器局後來怎樣了？

爺爺嗯了一聲，說，後來變成通用機器廠了吧，這變遷的歷史有些複雜，馮玉祥的國民軍，馬步芳的馬家軍都掌管過製造局。一九四九年之前，馬步芳運了許多機器去青海……太多事說不清楚，就不說了唄。

廖余不以為然道，現在哪還有什麼是不能說的！

爺爺搖搖頭，慢條斯理道，你懂什麼？不能說的事自然還是說不得。然後老人嘆口氣，看一眼坐在自己對面的孩子，午後陽光下坦白年輕的面孔上露出幾分訝異，老人覺得跨不過去的距離其實在自己的心中，說起歷史他習慣了言謹慎微，年輕人的坦蕩他始終學不來，不過他願意講一些往事，像蜻蜓點水一般地掠過那些歲月，他開口道，就說二幾年吧——國民軍入甘，接手製造局，那時算得上是全盛時期，工廠規模可非同一般，工人就有上千人，人來人往，有條不紊，熱火朝天……那時仿製的有捷克式、三八式的手槍，還有輕重機槍和迫擊炮，男孩子喜歡武器，我一有機會，就往工廠跑。

廖余說，那時候，您還小吧？怎能隨意出入軍工廠？

爺爺笑一笑，道，我們祖孫三代都是製造局的人——我祖父那代住在城南暢家巷，到我父親就搬到了甘肅舉院，製造局搬到哪兒，哪兒就是家——你別看我那時年紀小，我十歲就開始出入工廠，開始幫忙了。那時的孩子懂事早，也不光是我——我記得見過一個比我大不了多少的孩子，是俄國人的翻譯；俄國人是國民軍請來的蘇聯顧問，有幾位長駐機器局。那做翻譯的孩子年紀比我大不了多少，但俄文說得可流利了，長得也文秀，像女孩子似的，我常找他聊天，他對左宗棠收復新疆的事很有興趣，聽我說起我祖父是隨左宗棠的大軍過來的，便有數不清的問題。我答不上的，就去問家裡大人，回頭再找他吹牛……他從蒙古來，難怪俄文說那麼好，那時的蒙古簡直已經是屬於蘇聯人的勢力範圍……他說家裡沒人了，要去新疆找親友，後來不知去成了沒有。兵荒馬亂的，一個孩子要一個人應付那樣的年月，真不容易。

廖余手托腮，聽得仔細，卻沒出聲，可表情中已經沒有了一開始的不以為然，像被什麼說服。

爺爺感嘆道，打仗？打仗不好啊——我這一世，大半輩子都在紛紛亂亂中過來，還是你們幸運，像這樣太太平平的，多好。想去哪兒，就能去哪兒……

廖余嗯了一聲，伸個懶腰，說，一直這樣就好了。

爺爺咦了一聲，欲言又止，他瞇著眼睛，彷彿在審視窗外射進來的那一縷陽光中漂浮的微塵，或者他有迷信，覺得有些願望不該說破，說破了就不靈驗了。

廖余感覺到爺爺微妙的情緒變化，覺得老人累了，於是起身，小心翼翼將座椅推回原位，一面搭訕問，您為什麼想看臺北蘭州街的照片？

爺爺也正站起身來，微微一愣，然後淡淡說，年輕時候，有個朋友去了臺灣，一九四九年前剛到還寄了封信回來，說臺北的街道剛改了名，其中有條街叫做蘭州街⋯⋯

後來，廖余才知道，爺爺說的那個朋友是個女孩，兩人已經論及婚嫁，但是人家去了臺灣，而爺爺一直猶豫，因為家中老人俱在不宜遠行，糾結遲遲不能下決心成行。起初以為分開是暫時的，但是時光流逝，把一切可能變作無望——爺爺晚婚，婚後再不提往事，但親戚中總有些傳說。廖余卻覺得幸虧如此，要不然自己便沒有存在的可能了，不是嗎——即便如此，他還是覺得惋惜，心中悵惘⋯⋯

被埋沒的故事太多了，廖余了解了一些，卻覺得無力挖掘更多，歷史重如高山，讓人沒來由地覺得無力氣餒⋯⋯

河州

小覺清楚記得祖母過世的那個夏天。那是一九九八年。

學校開始放暑假，她從美國東岸飛回香港，飛機落地在九龍城區的啟德機場。那是七月初，降落時候，機上乘客紛紛望向窗外，看飛機在城市大樓間穿行而過，許多人掏出相機，顯得興奮而且傷感，因為新的機場即將啟用，舊機場行將關閉。舊機場在過去其實一直是被詬病的對象，建在高密度樓群間，只有一條跑道的機場甚至被評為全球十大高危機場之一，起飛降落常常讓人提心吊膽，安全係數全靠仰仗機師技藝精湛。不過真到告別時候，情感多年積累，讓人患得患失難以割捨。

那個夏天多別離。祖母也在那一年辭世。祖母去得很安詳，之前也沒有身體不適的明顯徵兆，不過大家卻都有某種預感。小覺一回來，她父母便鄭重跟她說明，希望她多花點時間陪伴老人。那些熱辣而潮濕的下午，小覺其實也不想走到外頭去。老公寓的天花板很高，客廳窗簾半掩，老空調鎮日開著，發出嗡嗡的蜂鳴，空氣中永遠有祖母喜歡的梔子花味道，一切就像她從小熟悉的那些南中國的夏日午後，祖母的世界好像一成未變。

起先，小覺並不知道要與祖母聊什麼，不過終於回家的感覺是這樣強烈而且美好，讓她沉浸其中不願離開。於是，她拿一本書躺在沙發上，祖母則坐在對面的安樂椅上，腿上蓋著毯子，戴著副老花眼鏡，像在看報，也像在休息。

不過，祖母開口說話，還是讓小覺吃了一驚，明白了父母的叮囑並非事出無因，老人的靈魂顯然已經離開了眼下這靜謐的午後，在時光的隧道流連忘返。她對小覺說，妳去看看，杜家那個哥哥回來了沒有，再不回來，我們就要走了。整個城都被燒了，誰也住不下去了。妳告訴他，我不想走，我要等他。

小覺起先沒明白，問，什麼城鎮被燒了。

祖母定定看著她，像在責怪她的無知，說，八坊被燒了，河州的大火燒了七天七夜，我們家那些漂亮的花格子雕窗一扇也沒剩下，木樓全倒了。原先清一色水灰瓦的屋頂多好看，可眼看著嘩啦啦成片地塌下去，一點辦法也沒有。是國民軍——那些當兵的，搶了東西，還燒了房子。他們說杜家哥哥跟著一起造反去了，當兵的這樣對老百姓，還不准人造反嗎？妳快去，快去看看他回來沒有，他家的人都沒了，他得跟著咱們家走，快去叫他，再不走，就來不及了。

小覺哦了一聲，拖過一個沙發墩子，坐到祖母邊上，摟一摟她的肩，跟她靠在一起。老人沉浸在自己的回憶裡不願出來，目光執拗地落在屋子的另一頭。小覺知道自己的老家在甘肅，是河州人，曾祖母輩就已經離開，但是她不知道其中還有火燒家園這樣慘烈的前塵往事。

她摩挲著祖母的手臂，心中充滿了同情，可是覺得自己的言詞單薄無力，不知道該如何說出安慰的話。祖母卻又開口，語氣中有一派神往，道，過節的時候，巷子裡家家都在炸油香，攤饊子，那炸油香金黃金黃的，像個滿月，掰成兩半，可別忘了抹上甜香的蜂蜜；也別忘了還有釀皮，綿綿軟軟的，用刀切了，拌上蒜汁、香醋、辣椒油，就變得又爽口又醒胃；可惜妳也沒嚐過我們那邊的河州包子，牛羊肉和胡蘿蔔的餡，滾燙蒸出來，也得澆上辣子油，還有醋，一口咬下去呀……老人絮絮叨叨停不下來，那些幼時的口味忽然昇華，充滿了儀式感，縈繞不去，如蜜般芬芳，要替那長久迷途的魂魄指引方向一般。

小覺從沒聽過那些食物的名稱，不過此時老人說一句，她應一句，特別地耐心，同時心中充滿了說不清的傷感。這些年總覺得老人的世界靜如止水，哪裡想到只拉開帷幕一角，稍稍回望，就已經驚心動魄。

那晚，她向父親詢問，父親倒是知道一些舊事，不過三言兩語也就說完了，道，沒錯，那時馮玉祥的軍隊駐紮在甘肅，惹來不少民怨，回民、漢民日子都不好過，河湟事變就是因此而起——嗯，我說的是第四次河湟事變，那是一九二八年，舉事的是個少年。

小覺問，是杜家哥哥嗎？

父親一愣，倒笑了，說，杜家哥哥？你祖母跟妳提起杜家了？你祖母幼年跟杜家訂了親。她自己也很中意那門親事。但是世道混亂，官逼民反，軍隊鐵腕鎮壓，把他們的河坊一把火燒了。杜家人全死了，只剩下那個杜家哥哥。原本咱們家走的時候要帶上杜家那孩子，可是人家硬是跟著造反的部隊走了，打著反對國民軍的旗號，一去便沒了音信。造反的都是些年輕的孩子，領頭的跟杜家哥哥差不多大，聽說是個人物，很有個人魅力，吸引了許多年輕人追隨。總之，妳祖母的這門親事就作罷了。亂世就是這樣。到最後，父親開玩笑說，妳看，我們家差點姓了杜。

父親說完又嘆道，這段往事，我是聽妳祖父說的。妳祖母自己從未提過一個字，怎麼到這時候卻又想起來了。他與小覺四目交流，兩人心中突然都有某種預感，可是不敢把話說明，一時默然。

最後，父親說，往事總是難忘，妳祖母年輕時候逃難吃了苦，心裡肯定也是受了些折磨，但幸好後來到了香港，還是過了一段太平的日子。人生轉折，充滿變數，誰想得到……

小覺問，那個杜家哥哥呢？後來，有沒有找過他？

父親搖頭說，世界那樣大，要如何去找？而且在那樣的亂世，人如浮萍，散了便散了，自己作不了主。我們來了香港，也碰到過一兩家河州來的老鄉，但是沒有見過熟人。

小覺晚上做了個夢，獨自穿過一座寂靜無人的古鎮，青石板的街道像剛剛被水洗過，兩邊白牆青瓦，忽然有個女孩出現，梳著條大辮子，從她身邊奔過，口中叫著，杜家哥哥……

街的另一頭，有個少年的身影，停下來，回頭，露出一個笑臉。小覺抬頭，天空清澈，兩邊出現木樓，造得高大堂皇，屋頂清一色兩溜水灰瓦。瓦溝裡有一簇簇小草，其中一株頂著朵鮮妍的紅花……

祖母在幾天後過世，沒有痛苦。前一晚一家人還坐在一起吃飯聊天，祖母忽然有說有笑，思路清晰，跟晚輩說了許多人生道理。第二天早上家人發現她在睡夢中過去了，臉上有笑容，正是壽終正寢。

夏天結束，小覺離開的時候，赤鱲角機場已經啟用，新的機場充滿未來感，不再有高樓間滑翔的安全顧慮，現代高效，猶如正在展開的一個全新時代。機場人來人往，好像歷來如此。

在那一年，她明白了過去就像指縫間流過的空氣，不知不覺蜂擁而去，無法挽留。

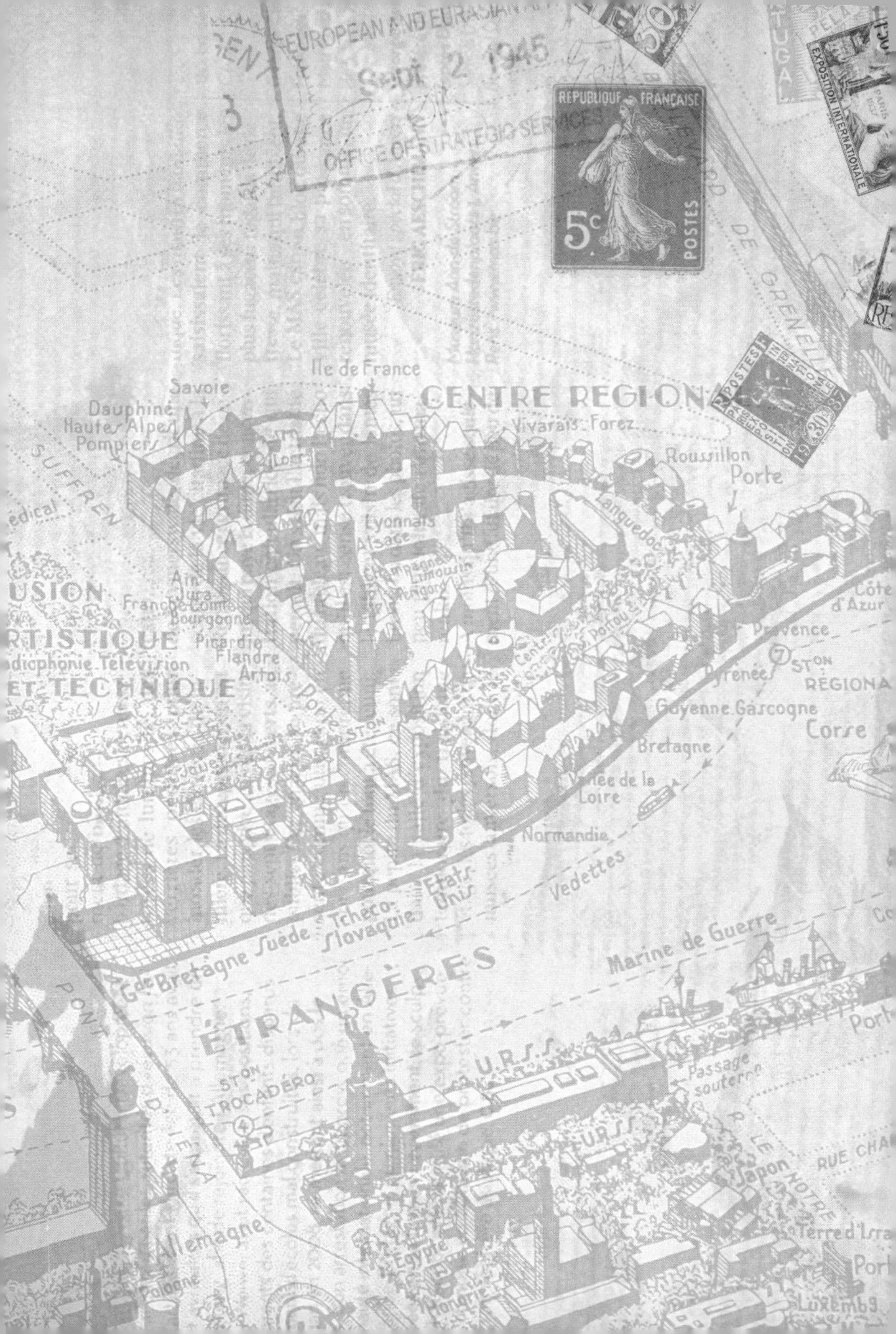
EUROPEAN AND EURASIAN
Sept 2 1945
OFFICE OF STRATEGIC SERVICES
REPUBLIQUE FRANÇAISE
5c
POSTES
EXPOSITION INTERNATIONALE
DE GRENELLE
Ile de France
CENTRE REGION
Savoie
Dauphiné
Hautes Alpes
Pompiers
Vivarais Forez
Roussillon
Porte
SUFFREN
Lyonnais
Alsace
Champagne
Limousin
Languedoc
Ain
Jura
Franche Comté
Bourgogne
Picardie
Flandre
Artois
USION
RTISTIQUE
ET TECHNIQUE
Côte d'Azur
Provence
Pyrénées
STON RÉGIONA
Guyenne Gascogne
Corse
Bretagne
Vallée de la Loire
Normandie
Vedettes
Etats Unis
Tcheco-Slovaquie
Suède
Gde Bretagne
ÉTRANGÈRES
Marine de Guerre
U.R.S.S.
Passage souterr
STON TROCADÉRO
PONT D'IÉNA
Allemagne
Pologne
Egypte
Hongrie
Japon
RUE CHA
Luxembg

一九三零年代的異境

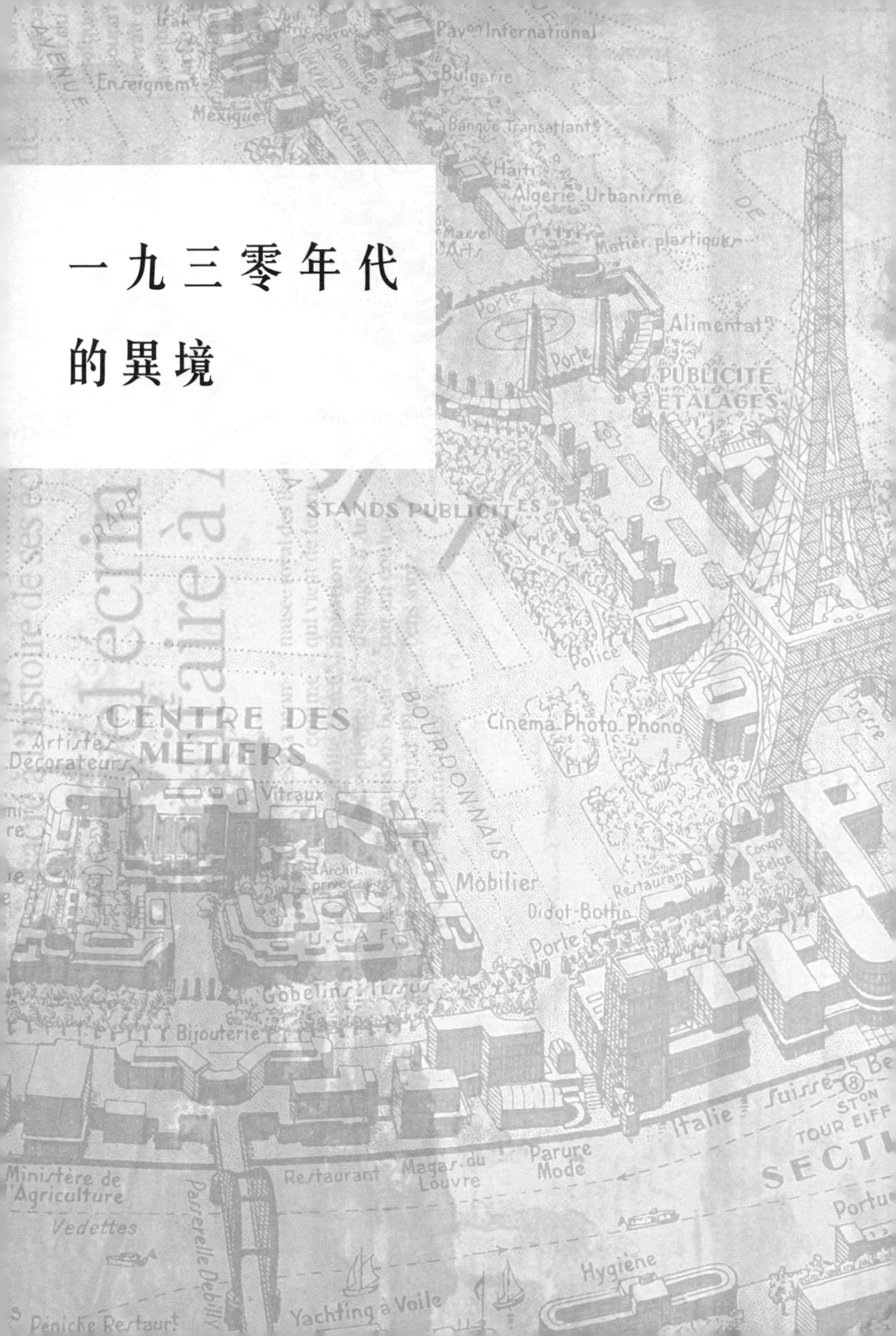

Pavon International
Enseignement
Mexique
Bulgarie
Banque Transatlante
Haiti
Algerie Urbanisme
Metier plastiques
Porte
Alimentat
PUBLICITÉ
ÉTALAGES
STANDS PUBLICITES
Police
Cinema Photo Phono
BOURDONNAIS
CENTRE DES
MÉTIERS
Artistes
Décorateurs
Vitraux
Mobilier
Restaurant
Didot-Bottin
U.C.A.F.
Gobelins Tissus
Bijouterie
Congo Belge
Presse
Italie
Suisse
TOUR EIFF
SECTI
Ministère de
l'Agriculture
Restaurant
Magas. du
Louvre
Parure
Mode
Vedettes
Passerelle Debilly
Hygiène
Yachting à Voile
Péniche Restaur.
Portu

永登

這些日子要按時從容赴約簡直不可能。小米去聽音樂會，從中環出發，車經過海底隧道，向尖沙咀文化中心音樂廳疾駛而去，一陣急趕，還是遲到了整整兩分鐘，只好跟朋友在外頭看電視屏幕，等第一首曲子結束才能入場。聽了兩分鐘，她們覺得幸好遲到了，對於這首當代作曲家的作品〈倫敦市民異常受傷〉，她們有理解障礙，如果作曲家要表達的是異常受傷這件事，也許是成功的——小米覺得那音樂無疑在她忙亂無序的生活之上重重戳了一刀，讓她所有潛意識中的躁鬱都要被勾引出來，無處安放，情緒簡直要爆炸。

這時通往音樂廳的門被推開，從裡頭走出一對外國夫婦，大約六十多歲，老先生看上去氣急敗壞，抹著額頭，一疊聲說，可怕，可怕，直接就要往出口方向走。老太太在後面叫住他，說，親愛的，等這曲完了再回去吧，該不是真的就要走了？

老先生猶豫一下，走了幾步回轉來，原地打個圈，在小米旁邊重重坐下，道，真是受不了！

老太太也坐下，抱歉地笑一笑，抬頭看一眼正轉播演奏的屏幕，不由也露出一絲後怕的神色。小米看到了，便無心無肺地笑了起來，然後才覺得忒沒禮貌，但老先生不介意，反而因此同她搭訕找共鳴，一致得出結論，覺得耳邊的音樂難以理解。兩位老人從紐約來，不想第一天到香港聽場音樂會，就受到了驚嚇，老先生說，這世界真是日新月異……

小米客套寒暄問他們，來香港遊玩？

老太太說，不是的，我們只是經過香港，為了要去中國內陸，去一個叫做永登的地方。

小米聽了很迷糊，問，那是哪一處？有什麼名勝風景？

老太太且不回答，瞅著老先生，臉上有種慫恿和無奈混合的表情，那是要老先生開口，於是老先生說，永登在甘肅省，現在有個玫瑰節。他咬文嚼字說那省的名稱，可音調錯了，很不易聽清。老太太補充說，那旁邊就是大城市蘭州。

小米喔了一聲，還沒來得及再提問，〈倫敦市民異常受傷〉便戛然而止，於是他們趕緊匆忙入場。接下來是華爾頓的小提琴協奏曲，大多數觀眾是衝著獨奏的小提琴家來的。風格迥異的音樂，出現在同一個晚上，對大多數人來說，都需要調節心情才能適應。

中場休息時，小米蓄意東張西望，沒費太大力氣便又找到了那對老夫婦，他們靠著二樓大堂的欄杆正看下邊大堂的人流風景，老先生看上去有些百無聊賴，見到小米和她的朋友顯然很開心，朝她們大力揮手。小米過去打招呼，對剛才的協奏曲交換了意見，然後便說起永登——小米還是好奇，他們為什麼千里迢迢遠赴永登——對於小米來說，那地方實在是過分偏遠。

老太太拍拍老先生的手臂，鼓勵他說下去。老先生有些得意，說，我父親是在永登出生的。

小米她們喔了一聲，大表意外。老先生嗯了一聲，表情顯得有些戚然，接著說，我的祖父是傳教士，我父親一九二九年出生，當時我祖父正在永登傳教。我父親快兩歲的時候，跟我祖母回美國探親，多住了一些時候，不幸我祖父在永登染疫，沒有治癒，而我的祖母也沒有再回去——永遠失之交臂了啊。

小米啊呀了一聲，一時不知道說什麼好，老先生繼續道，如今我祖母也已故去，她在世的時候說起過永登的生活——他們剛開始先到蘭州，對一切都覺得非常新奇，那重重大山之後的城市竟然就像在開羅和大馬士革一樣，熱鬧繁華，人群流動，從不同的地方來，到不同的地方去，印度人、土耳其人、俄國人、藏人、回民、蒙古人、漢人，說著各種語言——妳能想像嗎？那裡居然有相當繁華的集市，用現在的話講就是非常國際化——市面上有美國香菸、西藏酥油、印度棉布……街上居然還看得到奔馳的汽車……後來他們先在永登傳教，接著開始辦學校，同時替人治病，在蘭州城外住下來，那安靜的小城開滿了玫瑰……

小米恍然大悟，說，所以你們特意要去永登的玫瑰節看一看。

老先生和老太太同時點頭，相視而望，充滿了默契，老先生說，是的，我父親後來沒有再回過永登，去年過世，最後彌留時候，突然想起出生地，說一點印象也無，甚是遺憾，所以，我們替他跑一趟。

小米的朋友插嘴道，我很佩服你祖父，在當地傳教恐怕不太容易吧，不過治病和辦學，應該是當地最需要的，他願意長期留下來，沒有奉獻的精神是辦不到的。

老先生有些感慨，說，是的，我無法想像他遇到過的困難，但他也是盡力而為吧。他樂意教那裡的孩子。有些孩子因為受了教育，接著出外繼續求學，在政府的機關謀一個職業，在那時應當算是成功改變了自己的人生。對了，我祖父也遇見過資質相當好的孩子。在一九三零年左右，他寫給我祖母的最後幾封信中，反覆提到一位天才少女，客居永登，以驚人的速度學會英文，她顯然還會別的語言，而且學起任何一種新的語言都不費吹灰之力，非常神奇。更有趣的是，他說她穿著男孩子的衣服，不知什麼緣故要把自己女孩兒的身分掩藏起來——總之，祖父把一切看在眼裡，猜到她有難言之隱，所以願意給她庇護，而且相當得意，自己能夠幫她在短短時間內完全掌握了英文這門語言，這會是她今後人生道路上有用的工具。說到「掌握」，這樣的用詞一點也不誇張，祖父說她若要與英國人用英文討論莎士比亞應該也不會怯場失禮……難得的人才，神奇的際遇，這大概是那段遙遠年月的魅力……

小米跟她朋友聽得出神，覺得像天方夜譚，待要再問，下半場音樂會催促的鈴聲已經到了最後一遍，他們只好再次別過，匆匆入場。

演奏會結束，小米沒再見到那對老夫婦。

人流湧出音樂廳，外頭正是一個熱鬧的香港之夜，與每個夜晚沒什麼兩樣，華燈連綿，車如流水，馬如龍。

回家途中，她忍不住掏出手機，在網上搜索了一下，原來永登的玫瑰有一個特別的名字，叫做苦水玫瑰。

她坐在車裡，一座座燈火通明的高樓在窗外後退，彷彿上演著一部永無止境的長劇——多少事湮沒在歷史中，她無端惆悵，忽然想問自己如今鎮日這般匆忙為的是什麼？

她想起才聽的那首曲子的名字——倫敦市民異常受傷——不禁笑了，像要嘲諷什麼，卻又覺得自己沒有這個資格，只是覺得這曲子絕對有存在的必要。

北平

那是一九九九年的感恩節，對年分記得那麼清楚是因為再過一個多月就是千禧，將是一個新的世紀。小焰去新澤西州朋友家過節，這一家親戚多，大姑、二姑、小姑都住在同一條街上，一排三座房子，很有氣勢。餐桌上更壯觀，兩隻十磅的火雞一起上桌。吃完大餐，成年人去大姑家打牌，年輕人留在小姑家，在地下室改裝的影院看電影。小焰犯胃氣，獨個兒躺在起居室沙發上養神。起居室與廚房相連，只隔了半人高的一道影牆，剛好遮住沙發。

小焰躺了一會兒，聽到有人走去廚房，她正想迴避，那邊兩人已經隔牆在廚房小桌子前坐下，留盞小燈，開始聊天——原來是剛才餐桌上兩位輩分最高的老人，年輕人朗朗上口管她們叫芳齡姑婆和芳辰姑婆，兩人是堂姐妹。她們已經開口，相談甚歡，小焰錯過了現身的時機，不好意思坐起來打擾。

兩位老人有一搭沒一搭地說著話，道，難得這裡安靜，孩子們都在樓下，我們正好喝杯茶，薑茶好，天冷了正好暖胃。

另一位說，這一年就要過完了，過完了就是新世紀。我們那麼老了？我們這是幾歲了？

八十六吧。我們都八十六了。

小焰聽了想笑，她自己正年輕，覺得那歲數真是老得嚇人。

小齡。我們是三幾年乘船來美國的，是不是？提問的是芳辰姑婆。

可不是。那時候我們先去北平待了幾個月，妳還記得我們為什麼去北平嗎？我一點也想不起來了。芳齡說。

那時北平沒什麼意思，正從民國首都變成故都，氣氛怪消沉的不是？芳辰道。

芳齡回答，哪兒話？我覺得北平好。

有茶杯拿起放下的聲音，芳辰姑婆忽然用開玩笑的口氣道，我知道，妳當然覺得北平好。因為北平有那個人嘛！

芳齡姑婆卻撇清說，什麼人？我們在北平什麼人也不認識。

難道還要我提醒？我不信妳忘得一乾二淨，就是那個少年軍官啊，哎呀，這些軍官都是從哪兒來的？我看要不是東北的軍閥，就是西北來的吧？年輕真占便宜——「五陵年少金市東，銀鞍白馬度春風。」芳辰調侃道。

他是西北來的。不是東北人。芳齡突然道。

芳辰停一停，奇道，咦，妳還真的清楚？……記得我們住在東方飯店，東方飯店真好，那個時候每個房間就有電話了——前臺打電話到我們房間，說送錯了東西，讓人來取回去。後來我們在前臺碰到那個軍官，東西是他的，他來告了個歉，一併道謝，要我說，讓人不動心也難，那真是一派謙謙君子風度。我沒說錯，就是他吧？他們說他是師長？可人真是年輕，長得也很好，你不是也說看上去比那東北來的少帥強多了，後來還一直津津樂道，讓天津來看我們的幾個表姐妹好一陣取笑，說要找人作媒去，才不敢提了……他真是西北來的？記得上一年北平滿城都是東北來的軍官，都說是因為蔣介石跟張學良在北平為中東鐵路的事商議來著……我居然還記得這些——記性還算好吧？

芳齡說，對，就是那時，在東北，我們跟蘇俄打了一戰，敗了。真是氣悶。

沉默了一會兒，芳齡卻又開口道，其實，後來，我在王府井大街碰到過他。

啊？誰？

還有誰？就是那個西北來的軍官——就在那家西服店，叫做新記行的？我不是去拿做好的旗袍嗎？他也在那裡，要幫他弟弟做件大衣……剛在飯店前臺見過了，算認識了，我幫他挑了款式……然後，他請我吃飯表示謝意。

吃飯？妳怎麼從來沒有跟我提起過？去哪兒吃的飯？芳辰聲音高了幾度，口氣有點酸溜溜的。

在西來順吃清真菜。芳齡說得不緊不慢，道，記得那裡一進門是個長條院子，兩邊廂房隔成了雅座，鉛鐵罩棚底下，擺了一排烤肉炙子，烤肉的香味老遠就聞得到……

誰問你這個？芳辰姑婆嗔怪道，你們聊了什麼？

說過什麼，哪裡還記得。芳齡想了一會兒，才又悠然道，他說他弟弟要留在軍官教習團裡，他擔心他冬衣不夠，問我他訂做的那衣服夠不夠暖。

哦。芳辰說，就這樣？

芳齡卻笑了，道，妳想說什麼？我們那時候，在等船期。……他，早就有了心上人了……要不然……

要不然妳就跟了他去了？

這倒也——不會罷……芳齡姑婆淡淡的口氣中帶著點遺憾，說，他問我多大，然後說他認識一個女孩子跟我差不多歲數，一個人在外頭，不知到了哪裡，兵荒馬亂的，實在叫人擔心……那時，每個人都有那麼多揪心的事，東北西北都不安寧，但他遲早是要回西北去的……他說到西北的時候，眼裡就有特別的光彩……看了真叫人心動。

小焰聽到這裡，心中也微微地蕩漾了一下，只想接著將故事聽下去。

可這時，有人嚷嚷著來找小焰，一路大聲問著胃還痛不痛。

小焰只好現形，從沙發上坐起來，覺得相當尷尬。兩位姑婆有些意外，卻相視而笑，並不介意，那些往事說說罷了，誰聽到也無所謂。不過，她們同時問小焰，胃疼？要不要一杯薑茶？

後來，就進入了二零零零年。

進入了一個新的世紀，日子平靜如水。

哈密

深夜裡從公寓高層的窗戶往外俯看這個南方的繁華城市，在夜的寂靜裡，萬家燈火格外澄明。她看一看手機，微博上的各種群聊卻沒有因為夜而沉寂。夜貓子大把人在，有的在不同的時區，新的信息總是接連不斷地在屏幕湧現，群聊熱烈，或者乾脆自說自話。因為各種各樣的原因加入了這樣那樣的群，但是對於每天蜂擁而至的信息，她逐漸失去逐條跟進的熱情，不過因而產生錯覺，覺得自己與這個世界如此親暱貼近，卻也沒有什麼壞處。

夜深卻全無睡意，她點開微信的介面，看到沉寂已久的初中同學群有了動靜。這會兒，深夜裡開口的是一個男同學，以前念書時兩人從沒有真正交流過，但名字和長相卻都還清晰地留在印象裡。他貼了一張星空圖，滿天繁星像美好生活的廣告。她望一望窗外風景，燈火也算得上璀璨，但天空上卻見不到幾粒星——於是她忍不住在群上回信，道，哪裡的星空這樣好。

那邊也還沒有歇息，回答道，哈密的星空。

她多問一句，你在新疆？旅行嗎？

男同學卻說，旅行，順便找找上一輩的足跡。

她好奇心起來，接著問道，你們家是新疆人？

男同學道，倒不是。我們是天津人，以前祖上在新疆做過生意，直到上個世紀三零年代還在那邊設有商號。

那這趟旅行可有收穫？

男同學卻說，只是觀光之旅而已。

什麼時候回來。

快了。他這樣說。

說到這兒，冷不丁有別的同學發言，說，快回來吧，回來了，我們開同學會。

隔了幾個月，微信群裡果然發起同學會，大家終於面對面聚在一起，她見到那個男同學，想起那天晚上他發的哈密星空圖，便問，哈密好玩嗎。他笑一笑，說，妳還記得？

星空真美。她頗為神往。

他點點頭。她隨口問，你們還有家人在新疆？

他說，當然沒有了。我爺爺小時候那會兒，整家人就已經搬回來了，那時候時局亂，生意早就做不下去了，要不是因為要等一個人，我們家在那邊的商號也不會拖到三零年代才結業。

她好奇問，誰等誰？這中間有故事？

他沒有想到她會有興趣追問，瞧了她一眼，說，沒什麼特別精彩的故事，都是些家裡老人磕牙說的家長里短，妳真想聽？

她點頭，於是他便講道：

我爺爺是出生後從新疆回到天津的，他父親在當時新疆的津幫生意人中很出名——我曾祖父在左宗棠平定新疆的時候，隨軍一路西進做生意，這才掙下了一份大家業，後來當然是榮歸故里，又回到天津。我爺爺從小就知道家裡在哈密還留了間鋪子一直沒關，說是要等一位故友。這一等，我爺爺一晃就十來歲了，哈密突然來信，說有個女孩子找上門來，帶的信物絲毫不差。我曾祖父立刻回信叫那邊設法把女孩子趕緊接到天津來。誰知道哈密戰事突起，那邊再無音訊，女孩子竟似也失了蹤跡。有意思的是幾年之後，卻有個女孩子自行尋到我們在天津的家裡，自稱就是先前哈密的那一位。曾祖父跟她聊了一個多時辰，留她住下來。妳猜怎麼樣，我爺爺愛上了她。但是，結果呢——自然沒有結果。那個女孩子據說在一個風雨交加的晚上不辭而別，故事就畫上句號了。姑婆婆喜歡說這件事，順便取笑我爺爺，我爺爺只是好脾氣地笑笑，從來不說什麼。

老同學來催他們入席吃飯，同時打量他們，調侃道，以前不知道你們那麼講得來？

他們四目相視，他的耳朵慢慢紅起來。大家在餐桌旁坐下，她的位子就在他身邊，滿座宣揚的熱鬧之中，她湊近他耳邊，輕輕問，你說，那時，在哈密發生了什麼事？

妳不問在天津發生了什麼？

她想一想，篤定地說，一定是哈密發生的事才重要。你難道不也這麼覺得？

他猶豫一下，點點頭。耳朵愈發紅了，卻說，什麼都比不上眼下的事重要。

她一怔，然後微笑。離中學畢業剛剛好五年。時光似水。

酒泉

同學叫依敏一起去吃新疆菜，名為巴依的餐館就在香港大學邊上，幾個年輕人一上來點的都是羊菜——羊肉餃子、手抓羊肉、羊串燒，然後才看別的菜式，又叫了新疆老虎菜、涼拌豆腐、炒土豆絲、大盤雞，源源不斷端上來，果然都是西北風味。因為人多，一時又嚷嚷著不夠，要再加菜，煞是熱鬧。

同學指著牆上的一幅大地圖說，依敏，妳去看看，妳的家在不在那上頭。依敏抬頭，果然迎面牆上色彩斑斕地有一幅手繪西域地圖，從黃河流域「几」字形的彎道開始，往西經新疆，中亞，延伸到紅海和地中海。紅線標著絲路所經之處，彩筆描繪著路上值得勾勒的風物，小字標示著沿途城市的名字。有同學一躍而起，去牆邊細看，然後指著地圖，回頭報告說，有，依敏的家在上頭，那不是酒泉？

原來伊敏是酒泉人。別的同學這樣說，告訴我們酒泉有沒有好玩的地方。依敏瞇眼遠遠打量，想一想，卻說，酒泉不是旅遊勝地，不過嘉峪關、敦煌都不遠，就在邊上。

酒泉不是有航天發射基地？同學提醒她。

伊敏笑答，航天發射中心雖然以酒泉命名，但實際上在內蒙的額濟納旗，還有兩百多公里，有些遠。不過，近一些倒有座核城，以前是核武器研究基地，現在整座城退役了，變成驢友探祕的目的地。那座城代號四零四，任何地圖上都沒有標識。

大家於是都回頭瞟一眼那大地圖——這地圖上的每個地名都擲地有聲，不過一路上沒法標識的地方和歷史恐怕更是多不勝數。有個戴眼鏡的男生說，誰在看美劇？那本 *Manhattan* 講的不就是美國代號曼哈頓的原子彈研究計畫，人家一樣在西部鳥不生蛋的地方建了基地，也是座隔絕人世的小城……

非常時期非常手段嘛！有人老氣橫秋地說，同學們點頭表達共識——他們都還年輕，覺得人生中間有許多可以商榷之處，反正他們願意相信這世上希望多過失望，所以任何事最好是不要走到非常的地步。

給我們講講酒泉的事？同學們重新開始埋頭大吃，一面要求伊敏，說，妳看，這裡只有妳住在那地圖上。

伊敏微微笑一笑，說，我爺爺已經一百歲。他一輩子住在酒泉。

哇。同學感嘆又有一位百歲老人，卻也不甚驚訝，只催促伊敏講故事，說，一面吃新疆菜，一面聽西北的故事，最合適不過。

伊敏卻有些尷尬，說，講什麼？爺爺以前的事我哪裡知道那麼多？

同學卻不依，起鬨道，不應該，伊敏念歷史，卻不研究家裡百歲老人的歷史——要好好檢討，非得講點什麼才行。

伊敏無奈，低頭沉思，吃了幾枚羊肉餃子之後，抬頭，開口道，爺爺說，他念到中學的時候，城裡來了許多年輕人，是一支新編的政府部隊，司令只比我爺爺大了四歲。

你爺爺那時幾歲？

伊敏說，肯定是二十歲不到，比我們小得多。軍隊在那裡不過待了一年多就走了，我爺爺差點跟著他們走，我爺爺的爺爺硬是把他鎖在房間裡，沒讓他走成。那時正逢關東軍製造九一八事件，東北淪陷。青年滿腔熱血，都想從軍，但是爺爺的爺爺不許，跟他說，東也打仗，西也打仗，你當兵，想去打鬼子，但一聲令下來，你知道自己要跟誰迎面交鋒？如若對面是自己人怎麼辦？這軍隊去的是哪裡，你有沒有搞清楚？

爺爺大概是沒有搞清楚。伊敏自言自語笑一笑，然後舉重若輕接著說，那時候爺爺應該只是對軍隊那幫年輕人很著迷，尤其是那年輕的司令，他的手下也都一般年輕，都對他崇拜得五體投地——爺爺還常常找他們一起打籃球——都是年輕人嘛！那司令也願意與學生接觸；軍隊也成立了年輕軍官教習團，招募有抱負的青年學生；聽說當時北平都有學生慕名而來要加入到那隊伍中去——年輕人在一起暢所欲言，說什麼自己就相信了，一切格外美好，人人熱血沸騰……儼然就是一個烏托邦。伊敏沉吟一下，別人還等著她說下去，她卻攤開手，說，沒有了，就知道這麼多。

餐桌上每個人似乎都忘了動筷，全都看著她。伊敏用筷子敲敲碟邊，說，醒醒，醒醒，都是故事罷了……可是眾望所歸之中，她低頭略微沉思，只好接著補充道，事實上，我也大致接觸過那段時期的歷史。當時，西北社會動盪，加上旱災侵襲，本地經濟面臨枯竭，可吸大菸的人卻到處都是，整個社會讓人絕望，但是留在我爺爺記憶裡的卻是那個時候心中產生過的那些希望，光芒四射，至今還照耀著他的人生。他說過許多那年輕司令的軼事，我也記不清了，只記得爺爺說話的口氣還是滿腔熱情，彷彿全心崇拜著自己偶像的少年。

那年輕司令是誰？

伊敏搖頭，說，我沒有細問。也許爺爺說過那名字，我卻沒有記住。

同學們還不肯放棄，執著再問，他們是哪一支部隊？哪個派系的？你爺爺不是在酒泉？趕緊打電話去問個清楚。

伊敏一怔，說，只有下次回去問爺爺了。他耳朵不好，打電話不方便。等假期回去，再問一問罷。

戴眼鏡的男同學假裝嘆道，虧妳是念歷史的，怎麼連這也沒有搞清楚？

伊敏辯解道，多少歷史湮沒了，能怪研究歷史的人嗎？有些歷史注定是要被埋葬的。

眼鏡同學搖頭，說，太不敬業。連念歷史的也這樣說，看來有些歷史真相真的是不可知了。

有人說，若是個人物，在歷史上總還該有名有姓吧，要查總查得到……

另一人卻還是用起先那老氣橫秋的口氣說，過那麼久了，追根究底有什麼意義。那些年輕人早就不年輕，塵歸塵，土歸土，理想與希望早就煙消雲散了。

再有一人道，別這麼掃興，你仗著年輕說這樣的話，到最後誰還不是殊途同歸，何苦十步笑百步？對不對，伊敏？

伊敏聳聳肩。同學們都笑了，說過的話並沒有放在心上。有人叫了冰啤酒，幾大杯端上來被一搶而空。看來，故事只能這樣點到為止。只是還有人追問，酒泉到底是怎樣的一個城市？

伊敏支著下巴，出神看著牆上的地圖，道，很普通……真的，普通極了……看來，那些不平凡的，來了，又去了，都沒留下來。

這句話，後來大家一致覺得是那天的經典之言。

至於酒泉這個名字，伊敏還是講了個典故，原來是漢武帝時候，霍去病擊敗匈奴，武帝贈酒犒賞，酒少人多，霍去病傾酒於泉中，眾樂之，而泉也因此得名。霍去病初次征戰，年方十八——這讓大家又想起伊敏爺爺故事中的那位少年司令。

有人突然一拍桌子，恍然大悟般說，估計最後他是兵敗了吧，歷史不都是這樣的？

勝者為王，才會天下留名。

伊敏想一想，最後說，但是至少還是有人對那段歷史念念不忘，留不留名，有什麼重要，人去了，就去了。

伊敏，妳這話聽得叫人傷感。同學抱怨，原本來吃新疆菜，是想暢懷地開心一下……研究歷史的人，有時候難免觸景生情感懷身世。她這樣說，然後開玩笑道，跟學歷史的人交朋友，還滿心好奇想要聽故事，就要提防著情緒會被左右。

她一面說，一面看那牆上的地圖，覺得顏色是這樣鮮妍奪目。她唸著一個個地名——酒泉過去，就是嘉峪關，而出關不遠，就是新疆了。

莫斯科

他念工程，大學四年級時，有個女朋友，是俄國人，低他一級。他們的學校在紐約下城，她不住學校宿舍，每天花很多時間坐地鐵往返在布魯克林的家——許多人這麼做，因為比起住宿舍，這樣經濟得多。他們互相吸引，感覺彼此相愛。偶爾想到未來，他卻有無法把握的感覺，模糊覺得她不會與他一直走到遙遠未來的那一端——那念頭一閃而過，就滅了，感情才剛開始，誰願意多想那些不快的可能呢。

大學三年級是功課最繁重的一年，她還兼職替銀行寫程式，的確是夠拚的。有時週末，他們約好在她家見面，她卻遲遲不出現，他知道她兼職的工作常常出現意外狀況，需要加班，所以也不介意。她家是一幢兩層帶地下室的小樓，在布魯克林不好不壞的地段——在那裡，這樣的小樓一幢挨著一幢，缺乏個性；她跟自己保證過，等有了能力就搬到曼哈頓去，她覺得自己不屬於那裡。

她的父母通常不在家，大概是因為從事服務性行業，因此週末反而休息不了；長年在家的是她祖父，老人會替他開門。多數時候他們各管各的，偶爾也聊幾句，甚至下棋。有一次，他等得不耐煩起來，聽到老人在屋子某處走動搬東西的聲音，就走過去看，老人正從地下室出來，抱著一隻大盒子，腳一滑，東西撒了一地，都是些老照片，他連忙幫著收拾，一面看，一面覺得好奇，問，這是在俄國？

是莫斯科，都是六七十年前的照片了。老人這麼說，然後揀起一張，端詳著出了神。他湊過去看，那是一個年輕的俄國小伙子與幾個東方人的合照，手挽手，站在一座巍峨的典型蘇俄風格大樓前——人比物小。老人指著中間的年輕人，說，那是我。

他咦了一聲，指指他旁邊的東方人，問，他們是中國人？那個時候，莫斯科有中國人？

怎麼沒有？老人看他一眼，好像責怪他的無知，說，那時候莫斯科吸引了很多中國的年輕人留學。

哦。他對那歷史不熟悉，也不感興趣，敷衍道，你們是同學？

老人看著照片許久不說話，沉默過久簡直開始讓人覺得有些尷尬，他以為老人想一個人獨處，正要走開，老人卻開口道，是同學沒錯，但我也負責監視他們。

他愕然。老人把四散在地上的照片一股腦兒放回盒子裡，抱起盒子，穿過走廊，放在廚房的流理臺上，然後泡了一壺茶，讓他坐下來，將茶杯注滿，在茶裡加了一大勺嘟哩狀的果醬，又順手取過酒瓶，澆了一大口伏特加，說，喝茶，喝了我給你講個故事。

他懷疑自己並不真的感興趣，但一口茶和著酒喝下去，人就醺醺然的，恍然可以翩然飄入任何一段歷史——看來，在那個下午，大家都有點寂寞，正好回溯往事慰寂寥——他聽老人道：

提起這些做祕密警察的過去，不是我覺得多自豪，只不過那是事實，甩也甩不掉。我在念書的時候，幫內務部做過事，內務部就是後來的克格勃——你別覺得驚訝，監視，以及被監視在當時是很普通的事——當然，我不贊成那樣的政治空氣，非常反感，後來才離開了自己的國家……不像你想的那樣，那些中國學生大多沒有特別的問題，所謂監視，不過是打個報告走走形式——說是同志，卻不信任，那個時候就是這樣。在離開蘇聯前的一段日子，我負責監視的是一個中國女學生，她在普列諾夫國家經濟學院念書，註冊用的名字卻是個蒙古名字。

老人瞇著眼睛回憶，道，在學校，有個中國男學生跟她走得很近，同進同出，他們都說倆人是情侶，但我看到過另外一個中國男子來學校找她，知道那兩個人才是一對。我不知道上頭為什麼要特別調查她，實在沒有道理，三個人看上去都過分年輕，不像能有多麼複雜的背景。不過三個人的感情倒是有些複雜，兩個男孩子都喜歡她，她卻只喜歡一個——喜歡她的那個，對她喜歡的另一位也沒有嫉意，相反有種全心全意發自內心的崇拜，實在有些古怪。不過這種無關緊要的感情糾葛，我當然沒有向上面報告過——我本來就對這種偷窺別人隱私的工作沒有熱情，但覺得他們之間的糾葛倒還有趣——三個人都有些傲氣——但這種類似天之驕子的心態要生對時代和地方才行——我不是沒有見過那種上升太高太快，最後自雲端墜落的慘劇。那是個危險的年代，特別派人監視她，總有些緣由罷，一定是惹了什麼麻煩——我也不想替她再製造額外的不便，而且我實在也沒見到可疑的事蹟，總之，最後我的報告乏善可陳。

他以為還有下文，老人不再開口，往茶裡倒了幾乎半杯伏特加，飲茶如同借酒澆愁，過了半天他忍不住好奇，只好追問，後來呢。

老人搖頭說，後來我就不知道了，因為那份工作很快就終止了。我記得很清楚，最後一次見到她是在Hotel Lux——我尾隨她到了那家酒店——那是外國共產國際成員在莫斯科滯留居住的地方，住客成分複雜，大部分是當時內務部重點調查的對象，沒有特別證件不能出入。她卻長驅直入，讓我相當驚訝。我進不去，不過在門口碰到了一個內務部的同事，他知道我在盯她，表情古怪，打了幾通電話，然後出來讓我以後不用再管這女孩的事了。內務部當時很複雜，其中有不同派系，我本來對這種偷偷摸摸的工作就不感興趣，雖然不知道這命令是從哪裡下來的，當然沒有追究的興趣或者膽子，樂得有個理由丟開手去……之後很長一段時間我沒有新的工作，到一九三七年初左右，我們家找機會離開了蘇聯，經過歐洲，輾轉到了這裡。幸好離開，蘇聯那兩年經歷大清洗，很多人因此喪失自由，甚至失去生命，年老的、年輕的，被捲進去，就是無盡的折磨……

老人說到這裡，傳來開門關門的聲響，是他女友回來了。於是，談話隨之結束，老人起身，慢慢地走回自己的房間去。他目送老人的背影消失在廚房門後，那裡光線比較暗，淡淡的陰影始終是屋子的一部分，他下意識聽著老人的腳步聲慢慢淡出。

後來他一直沒有機會再與老人交談，再後來，他們畢業，感情維持了兩三年，他還是與那個女孩分手了——果然印證了他最初的預感。他過了一年才自那創傷中恢復過來——但別人始終沒有覺察，以為他們好聚好散。

多年之後，有時他想起那女孩祖父說的故事，有些恍惚，那麼多時日之後，當時與女友說過的話，多半記不得了，這個故事卻還記得清清楚楚，真是讓人惶惑。

柏林

朵朵陪姪女參加生日會，在小女孩同學家，那家人從美國外派到香港，算是客居異地。生日會就在他們家的院子裡，公司提供的宿舍在一片青蔥翠綠中面朝南中國海。

小朋友們在院子看魔術表演，朵朵微覺涼意，便退回客廳，她姐姐、姐夫週末都出差，所以央她帶姪女出席活動，倒是小姪女忙著自己的節目反而沒空理她了。她閒閒拿起沙發茶几上的雜誌看了一會兒，注意力被靠牆桌案上的裝飾物吸引——那是一塊殘破的磚，上頭有色彩強烈的塗料，還有字母，也殘缺了一半。女主人替她拿了杯水進來，見她正對著那磚塊細細端詳，便說，那是柏林牆上的磚，是家裡長輩送的禮物。

朵朵這才恍然大悟，說，好特別的禮物。

女主人是朵朵姐姐的朋友，知道朵朵同別的家長不熟，所以特別過來陪她聊會兒天，這時也瞧著那塊磚，笑一笑，說，可不是。我小時候在東柏林長大……去美國是柏林牆倒了以後的事。

朵朵歷史知識有限，雖然知道那堵牆曾經存在的事實，但對細節和時間軸只有相當模糊的了解，所以不好意思地問，那是什麼時候？

女主人說，一九八九年。那年年底東德政府宣布允許公民申請去西德和西柏林，柏林牆上的磚就開始被一塊塊敲下來了，直到政府正式宣布將整堵牆推倒。

朵朵啊了一聲，隔著玻璃窗看屋外小孩童歡聲笑語，突然覺得適才語氣平淡的話頗有驚心動魄之勢，於是長出一口氣，感嘆道，一九八九？也並不是那麼久之前的事。

可不是？女主人點頭說，許多人收藏柏林牆磚，時間過得那麼快，過去的事慢慢地就被遺忘了。牆倒了，留塊磚，也算是提醒……她停下來，想一想，似乎回憶觸動了什麼，可開口還是雲淡風輕地，笑一笑，道，這樣的牆再要不得了。

朵朵伸出手指，在那磚的表面劃過，觸感粗糙，她問，那這磚是特別去柏林找來的嗎？

女主人笑著點頭道，是我先生的祖父，他的確特別去了趟柏林，就在一九九零年，帶著我先生，作了一次祖孫的暑期旅行。我先生還順便寫功課，完成了一份關於戰爭的報告——那時他是高中生，我們可還不認識呢——祖父其實是故地重遊，他在二戰之前就去過柏林。

嗯？朵朵好奇，他是美國人？那時去趟歐洲也挺費周折吧？

女主人笑了，說，的確，那時候出門旅行不像現在那麼方便——他年輕時候在福特公司工作，福特在科隆設工廠，他作為工程師助理去了大半年，也在柏林住了兩個月……她停一停，說，福特公司在二戰其間與納粹的關係曾經被調查，他因為那段經歷也曾被徵求意見，對老人家來說，不是愉快的經驗，有些一輩子以為天經地義的認知被顛覆，心理上很難承受——歷史總是太沉重複雜——當年，他在歐洲，納粹還沒有上臺，西方既怕納粹，又怕共產主義，一切發生之前，普通人如何會知道要恰當地規避那些敏感的界線？

說到這裡，外頭的小女生在門口使勁揮手找自己母親，女主人說聲不好意思，便匆匆趕了出去，臨走，從旁邊架子上順手取過厚厚一本相冊，說，妳先看看。

朵朵翻開相冊，原來都是些家族老照片，記錄著典型的美國家庭生活，從戰前開始，照片留下了許多世俗的歡愉——嬰兒出生，受洗，經歷童年，少年，然後成人，開始工作，有幾張照片攝於工廠，身後看得清組裝中的汽車——那大概就是福特發明的著名流水生產線了；有幾張看上去應該是在歐洲拍攝的，不過朵朵分不清是哪個城市，也許是柏林，或者是科隆，其中一張的背景是一列廠房，窗戶巨大牆面毫無修飾，倒挺具備現代感。這時女主人又回轉來，朵朵便問，這難道是在科隆的福特廠房？

女主人看一眼，哦一聲，說，不，這是在柏林，那原本是座電話工廠，那時候已經變成包浩斯的學校。

朵朵頗為驚奇，問，就是倡導了現代建築風格的包浩斯流派？

女主人笑著說，沒錯。就是這個包浩斯。你看這廠房不正演示了他們的建築理念——線條簡單，凸顯功能最為重要……他們之前的校址在德紹，被納粹關閉了，就搬到了柏林，不過後來納粹上臺，他們在新址的學校也就結束了。羅伯特——就是我們祖父——那時認識幾個學生，來往密切，他去旁聽過他們的課，也參加集會——那是家左派學校，帶理想主義的觀點很容易吸引年輕人……只是到了後來，出現冷戰的局面是這些年輕人當初沒有想到的吧——羅伯特這樣跟我說過。

朵朵吐吐舌頭，說，我不懂政治，但看樣子，這主義，那主義，都不好把握，一不小心就付出挺大代價。

女主人看看她，又看看外頭的孩子，道，羅伯特還提起過，有一次，他去包浩斯學生的集會，遇見一個中國女學生，他想當然以為她跟他們一樣是激進分子，要與她理論革命，但她卻推託說不懂政治。羅伯特對她印象深刻是因為她說一口流利的英文，當時，她指指人群中另外一個中國人，說是陪他來的。羅伯特以為他們是情侶，她說不是，開玩笑指著那些學生道，他們的情侶是他們的理想——自始至終能相信自己相信的，一路走下去，對自己來說倒是種幸福。後來羅伯特回想，覺得她說得很對，之後的那個世界，人們的信仰接二連三被無情地打破，難怪想要幸福是這麼不容易……

哦。朵朵聽得蕩氣迴腸，女主人卻有些意興闌珊，道，扯遠了。看我說到哪裡去了——快要切蛋糕了，咱們出去吧？

朵朵一面跟她走，一面問，羅伯特呢？現在在美國？

女主人腳步一滯，沒有轉身，輕聲道，前年過世了。

朵朵來不及說抱歉，蛋糕正在那刻被托著出現在庭院裡，引來一陣歡呼，這個下午瞬間快樂起來，朵朵微笑看著眼前的歡樂，突然想到逝者已逝這詞語，詫異自己怎麼突然變得這般哲學起來。

天津

香港的學校假期多，才過完聖誕，孩子們已經開始討論中國新年假會在哪裡過。唐米說他們家要去天津，去見家裡的兩位老人——祖父那輩只有一位姑婆和一位叔公還健在，是他爺爺的弟弟和妹妹，早年也都留過洋，在五零年代初回到中國。這些年小輩總是天南海北聚不成，自從有微信，親戚間建立了一個家族群，不知誰提議要家族聚會，結果大家都響應起來，居然真的聚成了。唐米的父母對這次假期，比唐米還要興奮，像少年一樣整天滑著手機，與群中親戚說個沒完，其實有幾位連他們也沒見過。

這是唐米第一次去天津。他爺爺後來一直住在江西南昌直到過世，而他自己在美國出生，隨父母工作搬到香港念國際學校，轉眼高中，正要申請美國的大學獨自回出生地，而天津這個名義上的故鄉一直與他生疏。

親戚太多，誰家也沒有魄力承辦年夜飯，結果大年夜宴席訂在慶王府。那是清朝最後一代總管太監小德張離開宮廷時在義租界建的寓所；清帝遜位後，便轉手賣給慶親王載振，舊日王公從此躲在租界當寓公，如今王府變成食府。唐米聽著他們議論歷史年鑑，不太明白其中的背景和邏輯，心中卻有些失望，他本來以為可以過一個傳統年，如同美國人過感恩節烤火雞，他指望在某位親戚家見識中國傳統廚藝——他聽南方出生的母親講過打年糕的有趣場面，以為有機會可以嘗試。但他那些叫不出名字的堂表兄弟姐妹全都異口同聲說，現在大城市裡哪裡還有自己煮年夜飯的？同時，他們都覺得念國際學校的他，中文說得太過生硬，簡直就是個外國人。他的中文不是最差的，住在澳洲和英國的兩位表兄妹根本說不出一個完整的句子。

姑婆和叔公坐在一起，他們性格隨和，看著兒孫輩聚滿一堂，更是高興，聽到年輕人說年夜飯的事，姑婆便點頭說，是的，很可惜，傳統並不都能傳下來。但是，我們家又能聚在一起，真是好。這幾十年來，是第一次。我大哥下放去江西之後，我們家就沒有這樣聚過了。

她的話勾起唐米父母那一輩的少年往事，不免唏噓，但這借來過節的舊慶王府被裝飾得華麗輝煌，讓人傷感不起來——所有人都笑嘻嘻的，忙著舉杯，敘舊，吃菜。唐米坐在兩老旁邊，姑婆問他，沒來過天津吧？叫你表哥他們帶你到處走走。天津的老城，以前的租界，逛的地方多著呢。

他想一想，便問，天津不是在海邊？有地方看海嗎？

坐在他邊上的表哥嗐一聲，不屑道，冬天看什麼海？而且天津哪裡算得上真正的海濱城市，天然海岸都是泥岸，我不覺得有可以好好看海的地方。

姑婆聽了，側過身子，看了看表哥，似乎想到什麼，而且努力回憶，但開口時候卻是朝著叔公說，你聽聽，他們小孩子覺得天津沒有海可以看，有人可不這樣想，你記得我說的是誰？

唐米也看叔公，叔公不說話，笑嘻嘻地看著桌子另一邊，像聽著別的話題，出了神，但是不知為什麼唐米覺得他人在這裡，心思卻去了另一個地方。姑婆同表哥說，那時候，我跟你叔公都才十幾歲，我們帶一個女孩子去看海，她從西北來，說是從來都沒有見過海洋。我們坐火車到塘沽——那兒有開灤碼頭——我可忘記不了她一眼看見海的表情——就像發現了一個新的世界——從那時起，誰要跟我說天津沒海，我就跟他較勁——姑婆轉頭對唐米說，其實那時候的天津衛才是個新世界，北平晚上還要提著燈籠出門的時候，天津馬路上已經裝了電燈。不過這樣的新世界對她沒有吸引力。姑婆回一回身，依舊不放棄，還是同叔公說，也像自言自語，道，我早說過她要的東西跟我們不一樣。我們老家地磚上刻的是「唯吾知足」這樣的字，我們的家訓對她來講是束縛，人家要的是海那樣寬廣的世界吧。那時天津那麼繁華也還留不住她……

唐米插嘴問，那是什麼時候。

姑婆問叔公，你說那是哪年？一九三一年，還是一九三二年？她到底是哪年來我們家？哪年走的？

叔公依舊笑咪咪地不回答。有位表姐隔著桌子，笑道，外婆，你別調侃叔公了。老掉牙的故事，我們都聽膩了。

姑婆笑一笑，果然不再說下去，彷彿過去本來就提得起放得下。大家乾杯，唐米縱然好奇，卻沒有再問，往事如同那些散失的傳統，與他永遠錯過了。

接下來的日子，他隨父母拜訪親戚，遊覽城市，一個假期很快過去。他們同他說家族的歷史，他們的老宅在楊柳青鎮，祖上去西北做生意——就是在左宗棠平定新疆那會兒——俗稱趕大營——艱辛難以想像——但一切值得，家族從此轉運，一世辛苦換來衣錦還鄉，後來整個家族搬入天津義大利的租界……

他問那時租界的房子還在嗎？

姑婆卻搖頭說，有的老房子留了下來，我們家的卻沒有了，兒孫都不在跟前，也沒有人去理論了……然後閉目養神……又加一句，人在就好了——到了她的年紀，好像早已決定要去習慣歷史裡那些意外或者不公。

他想一想，問，這左宗棠就是美國中餐館裡那道左將軍雞的左將軍？

他父母見他找到其中關連，覺得他中文有進步，居然挺欣慰。

不過，那一次，唐米沒有找到時間去看天津的海，卻記住了幾十年前有個女孩子被這兒的海驚呆了的事，但那是誰呢？後來去了哪裡？——他們家祖上在西北做生意，那女孩來自西北——這是他能想到的其中唯一聯繫，剩下的疑問一點頭緒也無——但似乎也沒有關係了。

上海

可意旅行，一個人從紐約飛上海，去看她的姑婆。家中老人在上海的就只剩下她一個了。關於姑婆，她父母有兩種不同的說法，一個說她從來沒有結過婚，另一個說法相反，說姑婆是後來才變成孑然一人的，但具體也說不清是怎麼回事。從可意記事開始，姑婆就一個人住，剛開始是一個老保母照顧她，後來換成小保母，然後小保母年紀慢慢也大了，可姑婆給人的印象還是老樣子，歲月凝固在某個時間點。以前姑婆住石庫門房子的一小間，後來政府落實政策發回家裡的老房子，姑婆作主賣給了在上海尋找東方風情的法國人，法國人把那所帶院子的房子裝修得充滿旖旎和懷舊風情，上遍了各種時尚裝修雜誌，而姑婆把所得的一部分給了家中小輩，剩下的在標榜時尚與品味的新樓盤購入兩間單位，一間自住，一間收租，從此現世安穩。

可意不介意住在姑婆家，因為老人開明，生活習慣也西化。可意住了幾日，只管自己遊玩，自由自在。那天，她在街邊小攤買了一籃子楊梅，一粒粒新鮮飽滿，顏色紅得正要發紫，還帶著綠葉，她純粹是被色相吸引，可捧回家卻不知道要怎麼吃——她壓根是第一次見到這種水果——正在發呆，姑婆走過來看見了，說，我要去探望一個朋友，正想著要買一籃楊梅帶去。

可意正好做個順水人情，說，現成的您就拿去好了，反正我也不懂怎麼吃。

誰知姑婆說，阿姨出去有事，妹妹妳陪我去吧。

可意喜歡姑婆的直接了當，笑著答應了。姑婆要探望的朋友住在華東醫院，原來醫院頗有歷史，義大利文藝復興樣式的主樓座落在一片大草坪之前，內部也還留著原有的建築細節。姑婆探望的是一位老先生。可意以為來探望的自然是姑婆相熟的朋友，哪裡知道他們也有幾十年沒見了。大概年紀大了，這樣跨越時空的會面居然省卻了戲劇性，兩人面對面坐下，就像昨天才見過面一樣，直接開始聊家常，然後才提到往事，原來他們當年是交大的同學，那時，是一九三零年代。可意覺得相當不可思議。

老先生說，前兩天，我的孫女來看望我，也跟妳家這個差不多大。她小時候去了美國，現在住在香港——我們當年選擇留了下來，哪裡想到小輩卻又出去當了外國人。

姑婆看著他，像是深有感觸，道，孫女也那麼大了？然後，想起什麼，開玩笑地說，早知道你到後來也一樣結婚生子，多少女同學也不用白白傷心，以為自己錯過了機會，她們全當你為了那個女孩子，一門心思要等她，等不到就立志不娶她人。

啊？老先生像是意外，問，妳怎麼知道有她。

姑婆繼續用開玩笑的口氣說下去，那就是了，就真的是她了。那個女孩不是我們學校的，應該不真的是學生吧，常常來學校參加活動，聽說後來有好幾個學生跟著她去了蘇區，都是那時的進步學生。有這回事嗎？

老先生卻沉默了。姑婆見狀，就不再多說。然後他們聊一些老同學的事，和這個城市的各種變化，口氣輕鬆起來，說得非常盡興，這是一場愉快的會面。護士洗了楊梅，他們都吃了好些，吃得嘴唇都有點紫紅。

可意沒想到自己會對他們聊天的內容聽得津津有味，雖然搭不上話，可幾個小時一點也不覺得無聊，而且對他們提到的那個女孩子最感興趣，與姑婆回去的路上，忍不住問姑婆，你們說到的那個女孩子，是做諜報工作的吧——是間諜？

姑婆笑說，間諜？你們美國長大的小孩，不知道怎麼準確用詞——也許吧，她可能是蘇區在上海的地下黨員，或者是替蘇聯人辦事的——那時候，也有共產國際的人在上海活動。那些年，風聲鶴唳，常常聽說有人被逮捕，我們心中揣測，哪敢開口相問。

她是怎樣的人？

很漂亮，很年輕，很不一樣。姑婆想一想，這樣說吧，我們的天地就在一方屋簷下，時局再混亂，也就想縮在那屋簷下，把日子過下去；可她是那種天生風裡來、雨裡去的人，一個屋簷可留不住她……

後來呢？

姑婆搖搖頭，道，我也不清楚。那時的上海，冒險家的樂園，各路神仙來來去去，事隔多年，不提起來，就像沒發生過一樣……

可意笑了，由衷說，姑婆，妳也可以算是一路神仙。

姑婆噗哧一聲，拍拍可意，沒有說什麼。

車內一時靜默，車窗外，總是有那所謂老上海的老建築，夾雜在新的高樓之間，一晃而過。可意有點恍然，那一九三零年代的事對於她來說，如異境一般。但那分明已經是歷史。

小樽

他跟家裡提出要去日本北海道留學的時候，他父親問，北海道？那麼遠？

他語氣堅定地說，已經聯絡好了，先念語言學校，別的再說。那時他大學畢業，工作不順心，覺得任何改變都是好的。

他母親說，哦，北海道啊，就是高倉健《追捕》裡的北海道嘛。

什麼？他疑惑地問。他父親回答，是你媽年輕時候特別著迷的日本電影。我們約會的時候去看過三遍，還是四遍？嗯，還不止……

八零年代出生的他說，那麼誇張？

他母親說，那會兒文革剛結束，這是第一部公映的外國電影，不受歡迎才難。那時候的觀眾哪像現在的這麼挑剔？如今要找一部能讓我看第二遍的電影可難囉。

就這樣他來到了北海道，倒像替他父母去圓夢似的。他那些留學的同學都選擇去東京、大阪這樣的大城市，詫異地對他說，去北海道？那麼偏僻，將來可以做什麼？

那是二零零九年，他離開以後，有部叫做《非誠勿擾》的電影橫空出世，連他母親也在電話裡提及，因為電影是在北海道取景的。再過一年，北海道湧來大批大陸遊客。他因此找到人生方向，從導遊司機做起，與人合作，開始經營旅行社。遊客來了，不單要看《非誠勿擾》裡的風景，順帶還要去看另一部日本電影《情書》中的小樽。看景，吃東西，買東西，來來去去，人生就這樣忙碌起來——這真是個只要努力就有回報的世界。

有一次因為帶團的關係在小樽過夜，他當司機，晚間無事，空出來的時間正好用來當遊客——無事一身輕，真有點不習慣——他沿著運河走向海港，然後再走回來，運河邊的燈柱上停著海鷗，一隻、兩隻，在海風中如雕像般靜止不動，偶爾拍動翅膀；原先海邊的倉庫成了歷史建築，石頭牆上爬著藤蔓，但裡邊都變了樣，成了餐廳、商店、博物館。他走了一會兒就想到海貓屋——不如去那兒吃晚飯——那也是一座老建築。建於明治三十九年的倉庫，紅磚牆上爬著青藤——他總是跟遊客朗朗介紹推薦，自己卻一直沒有時間光顧。

時間已經偏晚，他推開門，倒沒有一步踏入歷史，房子裡面保留了紅磚牆面，但裝修充滿現代的時尚感。他沿窄窄的木樓梯往上走，到二樓，在長條木桌前坐下，菜單上標榜的是無國界料理，他點了一份海蟹義大利麵。燈光半明半暗，長桌上就以這樣的明暗間隔出不同客人各自的空間。

二樓除了他，另外只有一位客人。他點完菜，那位客人便慢悠悠走到他身邊，問，介意嗎？

他看清那是個老人，忙欠欠身讓座。老人便在他旁邊坐下。

原來老人想找人聊天，說，今天客人不多。我在等我孫女下班。

他想起剛才進門時候看見的圓臉女孩子，便說，很可愛哇。她是您孫女？

老人點頭稱是，道，說是喜歡海貓屋，想要在這裡工作，所以利用假期的時間來試試，也邀請我來看看，真是榮幸啊。而且這真是個可愛的地方，不是嗎。裡面全變了，但還是讓人想起過去來。

老人很健談，打量他，問，是中國人？

他點頭說是，老人便說，現在來小樽的中國人可真多，我小的時候，來這兒的大多是俄國人。那時候為了跟俄國人做貿易，每間銀行都來小樽設置分行，都說那是這兒最熱鬧的時候。

他禮貌地笑一笑，想當然說，那個時候恐怕沒有中國人來小樽這樣的地方吧。

誰知老人卻說，有還是有的，那時，對面港口海參崴就有許多中國人。這兒是舊磯野商店的倉庫，我少年時在這兒當學徒，跟中國人打過交道，也碰到過些奇怪的事。

哦？他笑了，怪不得老人想找人聊天，原來他是舊地重遊，往事不吐不快。於是他耐心說，我正洗耳恭聽呢。

老人笑一笑，欠身，道，真是失禮，好像逼您聽我講故事一樣。

他連忙也欠一欠身，說，是我想聽故事呢。

老人於是想一想，才開始說道，陳年往事了，不說起，就真要忘記了。那一年——我在這裡上班——來了個中國男子，是從蘇聯的海參崴乘船過來的，在我們倉庫寄存了一箱東西。過了一年多，來提貨的卻是個中國女子，自稱是那男子的妻子。那女子很年輕，穿戴華貴，由日本銀行的官員陪同而來，好像是她去銀行保險箱提東西，結果發現還另有箱子在我們這裡。大約是貴賓，所以銀行官員殷勤送過來，不過那是不是銀行的官員也不好說，也許是別的機構的人，要盯梢看看她到底來拿什麼。那年輕的女孩子看上去很沉著，但我見到她用眼角瞥了那隨行的人一眼，那真是充滿戒備的眼神哪——我看人就是觀察得那麼仔細——當時，我便尋思，覺得她恐怕也不知道箱子裡有什麼。說實話，那箱東西，真的不好見人，我偷偷翻看過——不好意思，但也幸虧如此才知道裡邊藏的是什麼——那是一些宣傳共產主義的小冊子，俄文、日文、中文的都有。

他有點緊張，問，這些小冊子有問題嗎？

老人嗐了一聲，說，真是年輕人，不了解歷史，那時候，可不是這麼自由的年代。這些東西給人看見了是會有大麻煩的。結果，我取了另一隻箱子給她看——那是一箱上好的清酒——氣氛立刻輕鬆下來。銀行來的官員倒笑了，說，這麼重的東西怎麼搬？——我就是這樣的脾氣，不想給漂亮的女孩子惹麻煩。她也說，這可怎麼好，一時帶不走，等她再找人來搬。

後來呢？他追問。

後來她就回來了，想必她也不相信那真的會是一箱子酒。

她一定相當感謝你？

老人哈哈笑笑說，記不清了，也許謝過，她日文說得不錯，年輕人各有各的夢想，不過她說話可有些衝。我問她從中國哪兒來。她不太願意回答，卻反問我對中國的事知道多少，比如關東軍在中國做什麼，我知不知道？——這我倒不太清楚了，當時還真的答不上來。那時，一九三二年，我才十六七歲，我問她，軍隊做什麼事，跟我這樣的人有什麼關係？她倒笑了，大概覺得我說得有道理。她看上去跟我差不多大，讓人不相信她已結婚，也許都是個幌子，誰知道呢。

後來呢？她把箱子帶走了？

老人搖頭，說，她看了箱子以後，沒有驚奇，也沒解釋，更不打算帶走，只讓我作主把東西處理了就好。接下來，她應該是坐船去了蘇聯，因為跟我打聽過船期。再後來，戰爭就開始了，各種各樣的戰事，沒完沒了。那些戰爭的報導常常讓我想起她來，不免猜測這許多立場中，她究竟選擇站在哪一邊。那樣鎮定的外表下一定掩蓋著一顆狂熱的心吧，年輕人誰沒有些熱情，但這些滿腔的熱血最後是不是都冷卻了啊……

誰也不想這樣呀。他這麼說。

是的，誰也不想這樣。老人同意，怔怔地看著桌面，好像累了，過了一會兒才說，後來這個世界又發明一個名詞叫冷戰——一炮未發，就已經讓人毛骨悚然——我不喜歡戰爭，誰喜歡呢？但這世上不順心的事多了。

他看看外面，老人問，是做哪一行的？

他說，旅遊。

老人說，旅遊很好。他喃喃說，那個時候，六七十年前，可沒有人專門到小樽來旅遊。人們來來去去，心中都掛著一筆生意要做。

他這才意識到，老人恐怕已經九十多歲了，時光如梭啊。

海參崴

妙妙說要從莫斯科坐火車去符拉迪沃斯托克，將穿過整個西伯利亞平原。她把這當作自己的畢業旅行。她在莫斯科念音樂，畢業之後要加入樂團，在那之前決定先隨興一下。同學建議她要考慮沿途治安，最好找人同行，她心中忐忑，卻逞強笑說沒關係——哪裡就成風聲鶴唳之途了，她的祖父和祖母年輕時就坐過這條鐵路線，也是從莫斯科出發，一直往東直達那太平洋濱海之城海參崴——老一輩人還習慣用老名字——那是清俄割讓條約之前的稱謂——名字改了，地方先是變成了俄國的前沿軍事基地；之後，戰略地位便一直沒再改變，後來俄國變作了蘇聯，改變的一切再沒有迴轉。

坐火車從西端直達東端的並不多，人們上上下下，她也計劃在每一站下車觀光，然後趕下一班奔赴下一站。到達亞洲最大湖貝加爾湖的時候，跟她一起上車的有幾個年輕華裔，累累贅贅帶著音箱和吉他——他們同時看到了她的提琴盒子——便相視一笑。旅途中容易交朋友，何況也算得上是同道中人，長途漫漫正好切磋音樂——流行樂加古典樂，什麼旋律好聽就全搬出來，引得整個車廂的人來看熱鬧，一同哼唱搖擺，妙妙喜歡這種世界大同式的默契，整個世界好像與她站在一起似的，心中滿是感動，覺得不虛此行。

幾位新朋友跟妙妙一樣，全都自備著一個保暖壺，用來喝水、吃泡麵——原來都是在網上得來的經驗。接下來的旅程他們就搭夥一起走。那幾個人在美國中部的同一家大學念書，有兩個在美國土生土長，另兩個是小時候移民過去的。旅途漫漫，誰都知道西伯利亞廣袤無邊，但是居然可以連續顛簸兩天沒有大站可以停靠，是他們沒有想到的。窗外風景有時一成不變，一路的白樺樹林看上去卻比想像的年輕——妙妙想不通那是因為不斷砍伐不斷種植的結果，還是這些白樺樹根本是自生自滅，還沒長成參天古木已經在西伯利亞的強風裡折腰倒地，而新樹新枝永遠會前仆後繼繼續生長。

最後，火車終於抵達目的地海參崴，妙妙和她的朋友長出口氣，下了火車，雖然分明腳踏實地，可還是有錯覺，彷佛自己仍舊在一節滾滾前去的列車上。對那幾位朋友來說，這是旅途的終點——遠東地區第一大不凍港——名字聽上去是這樣雄偉——而眼前港口的天藍水藍，也正好用來襯托他們的心情；夜色降臨，他們在城市廣場上架起音箱，興致所致拉曲彈唱，不介意沒有觀眾，也不特別關心廣場上遺留下來的那些塑像究竟為了紀念誰，音樂驚起一群鴿子或海鷗，盤旋在夜空久久不去，也許是被音樂吸引，也許是因為疑心失去了棲息的場所，驚恐不已；但他們任性地又彈又唱，好像直抒胸臆，時日無多。那兩天，他們走遍了整個港口城市，不過卻忘了光顧軍事歷史博物館。到最後，旅程就這樣結束了。

妙妙回到家，父母張開雙臂歡迎，自從女兒開始念大學，家人一直聚少離多，而過幾日妙妙便又要離家去樂團報到。一家人難得在一起聊家常，自然說起妙妙的旅途，感嘆那同樣也是祖父祖母曾經走過的路——如果老人家在世，應該有一百零四歲的高齡了。妙妙問父親為什麼不也來一次舊地重遊，追隨先輩的足跡。父親笑著搖頭，態度頗堅決，認為實在沒有必要。妙妙覺得奇怪。父親想了想，開口推心置腹同她說，爺爺的腿有些瘸，妳知道是什麼原因嗎？

妙妙見她父親表情嚴肅，遲疑著搖頭。他父親嘆口氣，說，那是在海參崴被打壞的。

妙妙啊了一聲，非常驚異。

父親搖頭，說，這些歷史妳不清楚吧？唷，有時不知道反而是種幸福。

妙妙說，幸福歸幸福，但我還是想知道。

父親說，妳祖父祖母在莫斯科念完書，一九三二年的時候從西伯利亞坐火車回來，經過海參崴，那時滿洲國已經成立，海參崴緊挨著日本人的地盤，蘇聯正展開反間諜的鬥爭。

鬥爭？年輕的妙妙覺得這個詞聽上去充滿了超現實的意味。他父親看她一眼，意味深長地說，妳太小，不明白，這樣的鬥爭曾經是了不得的大事，是要出人命的——他低頭思索片刻，忽然打算長話短說，道，妳祖父一到海參崴就被當作日本間諜捉了起來，投在獄中，這腿就是那時候打壞的。妳祖母想方設法營救卻不得其門，簡直急瘋了。後來有人給她指了條路，教她去找一個中國人，是個很年輕的中國女人，聽人說她剛到海參崴，能隨意進出內務人民委員會的分局大樓，總該有些能耐——她很同情妳祖母，還果真有辦法，妳祖父真被放了出來——其實，妳祖父本來就不是什麼間諜，完全是不明不白受了牽連。接著，他們好不容易回了國……那段往事，後來妳祖父也沒敢提——主要是說不清，沒的事說多了反而變成歷史汙點，成了另一場鬥爭的對象了。

妙妙聽他說完，眨著眼睛顯然還是沒有十分明白事情的來龍去脈，疑惑道，那我去海參崴前你怎麼不跟我提？

父親卻說，提什麼提。過去的，都過去了。

過去了？就這麼算了？妙妙詫異地問，受了那麼大的罪，就白受了？那能怎麼樣？她父親說，小老百姓，對於歷史，除了原諒，還能如何？日子總要過下去吧。

妙妙聽了，心中噎一聲，好像聽到什麼東西落地，嘩啦啦碎成了一片。同時，旅途中唱的那些歌忽然在腦海裡再度冉冉響起。

迪化

喬治大學畢業那年在北京待了一個暑假。他在ＬＡ長大，從小沒有人叫他中文名字，但到了北京，從他爺爺開始，所有人叫他李迪化，他彷彿變成了一個新人，在一個從未了解過的城市閒逛，吃從沒吃過的風味小吃，嘗試做從沒做過的事——甚至參加了一檔創業選秀節目，雖然在第二輪就被淘汰，但是因此認識了一對兄妹——他們來參加另一檔選秀節目，節目在同一幢大樓裡。不過他們是歌手。

認識他們是午休時間。迪化出去找了家快餐店，痛痛快快吃了個巨無霸漢堡，可回來得太早，工作室一個人影也沒有，只好去別的樓層閒逛，於是看見那兩兄妹。他們在走道裡剛吃完盒飯，妹妹把吃剩的飯盒仔細放進塑膠袋繫好。一個工作人員走過，看看他們的塑膠袋，皺眉說，吃剩的東西不好處理，最好不要留在這裡。哥哥二話不說，拿起塑膠袋，等電梯來了便下樓去了。

李迪化站在一邊，看了看牆上的海報，只認識大標題「最美心聲」幾個大字，然後看看錶，時間還是太早。走廊裡靜悄悄的，只有他與那女孩。他回頭看她，她也正抬頭，目光相撞，讓他覺得不太好意思，因為她實在太漂亮了。迪化以為她是混血兒，立刻用英文作自我介紹，指著海報，問她參加的是不是這個節目。

女孩子笑了，手臂抬起來，撞到身邊的琴盒，他一個箭步，跟她同時扶住。女孩道，我不說英文的——你是外國回來的？

李喬治——也就是李迪化，紅了臉，點頭，重新介紹自己，說，我叫李迪化。

女孩說，我們節目上也有外國回來的孩子……我叫古麗。我哥哥叫艾山。她停一停，見李迪化還是有些疑惑地看著自己，便說，我們從新疆來的。

李迪化一面恍然大悟，一面還有些恍惚，看著叫古麗的女孩，有些發怔，這時電梯叮一聲打開，男孩回來，看到李迪化的樣子，有些不悅。女孩卻笑著跟他解釋說，他的名字叫迪化。

男孩這才喔了一聲，微微一笑，道，迪化？以前烏魯木齊的名字？

李迪化這才回過神來，反問，烏魯木齊？然後也笑了，說，是我爺爺取的名字，的確是新疆一個城市的名稱——我爺爺在新疆待過——我父母也是……

那你呢？你怎麼不在新疆待著？女孩子調侃他，說著說著便笑了，笑的時候燦若春花。

李迪化抓抓頭皮，說，我沒去過新疆……

他們與他同齡，是雙胞胎，就在這一年自民族大學畢業，正在決定要不要回新疆。他們自己填詞譜曲，音樂有點民謠的味道，固然動聽，但海選的評委覺得風格有點老派，缺乏某種必然流行的元素，不過也許是因為外型討好，他們還是順利闖關，進入後面一輪，但那應該是評委額外網開一面，前途其實並不明朗。他們的父母在新疆一直催他們回去，可去留不易決定。

留下來就變成北漂了——女孩子古麗這樣說。男孩子艾山不太愛說話，總擺出一副不願意遷就任何人的神情——不過，李迪化喜歡他們，那個夏天接下來的日子，他們頻頻相約見面。李迪化退出了他參加的創業節目，手上有大把時間，一時對別的娛樂都失去了興趣，鎮日只想膩著他們，不過疑心自己是占了名字的便宜，才能夠與他們接近。有時他幾乎錯覺自己是在與古麗約會，但是他們之間隔著許多不可能，兩兄妹一開始就擺出了涇渭分明的態度，果斷地把他放在普通朋友的位置。

為什麼不可能？李迪化有時覺得不甘心——自己的名字就是那邊城市的名字，自己的爺爺、父母不都在那邊生活過——如果他們真的彼此喜歡，難道還真會有難以逾越的障礙？這都是什麼年代了。古麗卻避重就輕，問他，你可知道你爺爺為什麼會去新疆？

李迪化一時啞口無言。艾山在一旁撥動吉他琴弦，像是在練習新的曲子，臉上卻掛了個揶揄的笑容，像看穿了他所有的小心眼和小把戲。他騎虎難下，只得逞強說，這有什麼難。我回頭一問便知道了。

李迪化平時鎮日不在家，這天突然搬一張椅子坐在爺爺面前，央求他講往事——爺爺有些意外，但立刻顯得興致勃勃，迪化小小的要求給他帶來太大的快樂，這讓李迪化內疚，要反省自己往日的粗心，長久忽略了老人的感受。爺爺先說近的，道，你父母去新疆，是大學畢業之後，接受國家的號召，要到廣闊的天地去。況且，他們也想去看看上一輩去過的地方。

李迪化笑著說，這我知道。可是後來花了很大的力氣才回來，頗為折騰。

爺爺慢悠悠說，這你也知道？

李迪化說，我對歷史可不是真的一竅不通，他們是碰上那些年的運動，才去新疆的。但是爺爺，您是為了什麼去新疆的，這我可真不知道了？

爺爺出神想了好久，才說，我們是河北人。一開始，還不是為了生計。我父親找到個機會去莫斯科做勞工賺錢，一去多年，結婚生子，等要回國的時候，因為戰亂，東北那條路走不通，只好走新疆。哪知新疆也起了戰事，結果一家人被耽擱下來，滯留當地。我是在莫斯科出生的，到新疆的時候才八九歲。

那是什麼時候？你還記得新疆是什麼樣的嗎？

那是三零年代，我只記得生活艱難唄。迪化的爺爺說，在那裡乾等著不是辦法，我父親便想辦法去哈薩克打工，可是那時哈薩克是蘇聯的聯邦，一切規章制度跟著蘇聯。打完工，人回到新疆，可在哈薩克賺的錢卻沒辦法轉到新疆來，一家人生活差點沒了著落。為這事，我父親還帶我到蘇聯領事館去了好幾趟，想找人疏通關係。後來萬幸，他找到一個女子，也是漢人，很年輕，願意幫我們周旋，最後竟然辦妥了手續，記得她還送了我一塊蘇聯巧克力。那之前，我根本沒有見過這種糖果——記得那包裝紙上有四隻熊——喔，這種巧克力恐怕現在還找得到呢……

結局還挺圓滿的。李迪化總結說。

結局圓滿?那個年代，哪有什麼是說得上圓滿的?爺爺不以為然道，你們這些孩子覺得什麼都輕而易舉。

李迪化才要辯駁，他爺爺擺擺手，嘆口氣，接下去說，也難為你不明白。正是那當口，新疆剛剛政變，人心惶惶，蘇聯領事館自然有自己的算盤，出出進進的人說不好會有什麼樣的背景。我們走的時候，大門口停了一輛車在等人。司機在跟人聊天，走過他們身邊，聽到一個問，要去機場的是誰?另一個道，是個中國人，女的。管不該管的，被……先打發走遠些再說……

記得那麼清楚?李迪化見爺爺說了一半便出了神，忍不住笑了，同時提醒道，這說的可不一定是同一個人、同一件事。爺爺啊一聲，像恍然大悟，道，可不是。不知怎麼印象這麼深，多少事，都記不清了，這倒還歷歷在目。對，他們說也許跟她無關，但模模糊糊地，我總覺得我們牽累了她似的，心裡像擱了塊石頭似的，總覺得疙瘩——記得她很年輕，看上去好像就只有十幾歲，應該有大把的好前途在等著她……

是個漂亮女孩子吧?李迪化開玩笑道。

漂不漂亮？這有什麼重要？爺爺嗐一聲，聲音低下去，接著說，我上面本來還有個姐姐，但是在莫斯科的時候生病夭折了……我就覺得她那姿態就像是我那個姐姐……這念頭，也就是在心裡轉著，從沒跟人提過……但她倒是有些奇特的，那麼年輕，領事館的祕書對她卻畢恭畢敬……事後，我父親卻說，什麼事都有原委，說不定都要付出代價。我們欠她的人情算是白撿了，可她欠的人情是要怎麼還。總之，我們這是意外撞到了好運氣——我父親根本不認識那女子，只是守株待兔候在領事館門口，看有沒有機會，結果撞上了她。但父親不許我跟人提起去過領事館的事——誰是什麼來頭本來也說不清，少提少麻煩……新疆後來幾年也不太平，平白無故的冤獄層出不窮。新的督辦靠蘇聯站穩腳跟，蘇聯的勢力在新疆一時無可匹量，後來還真有領事館的人尋上門來查問過，問我們同那女子的關係，來者不善……總之生活提心吊膽……再後來，終於找到機會，可以啟程回老家……沒想到在你父母這一代，歷史又重演一遍，他們又給你取名叫迪化，是為了紀念你父母後來待過的那個城市……

李迪化聽了故事，反而更添一頭霧水。他本來想知道些往事，好跟古麗套套近乎，但是他了解到的好像與她全無關係，況且其中的歷史背景他也沒全搞清楚。不過他還是忍不住跟兄妹兩人描述了一遍。古麗聽了，點頭說，我知道那領事館的大概位置，現在還有一座黃色的樓留了下來。然後她問，故事還沒說完呢，你們家後來怎麼又跑到美國去了？

後來不是流行出國留學嗎？李迪化隨口說。

古麗淡淡揶揄道，你看，你們都是這樣，喜歡到處跑，到哪裡都待不住，來了，就又走了……因為她微笑著，話也不像是苛責，但李迪化聽了一怔，瞬間像理虧一般。

後來，艾山拍拍他的肩膀，低下頭在他耳邊說，你想的跟她想的不一樣，要的也不一樣。

李迪化聽了默然，他把那話翻譯成——她並不愛你——對，就這麼簡單——而且那時，他已經知道他們已經決定要回到故鄉去。

然而，他們好聚好散，李迪化不是拖泥帶水的人，話說清楚了，他便接受了事實。那個暑假剩下的日子，他們還是常常相約，像習慣了見面，不過不講愛情，一切雲淡風輕。

所以，那個夏天，他認識了兩個朋友，知道了自己家的過去，一個人墜入愛河又失戀。暑假過去之後，他又變回了喬治——正如古麗說的那樣。不過，下一個暑假，他想去新疆看一看——總要看一看吧。

奇臺

那個晚上月亮大而圓。他要出門的時候，他家裡人不放心，攔著他，說外頭這樣亂，別一不小心就吃了槍子兒。他擺擺手，一句話也不說，執意要出去，外面真的是風聲鶴唳，雖然沒有宵禁，但大街上黑漆漆的，一個人也沒有；有一點刺耳的聲音就讓人疑心是槍響。家裡人攔不住他，只得由著他去，他們也知道他想去探聽些消息——在這樣的時候，誰都在等著有用的消息，運籌得當，就能做一筆成功的生意。

他跟誰做生意，家裡人卻從來不問，他也不提。大家心知肚明，以前的生意早做不下去。這幾年，通往內地的商道被切斷，那些天津幫、山西幫的大商號紛紛倒團，像他這樣靠在大商號門下，討點利潤的小貨郎日子更不好過，只好肩挑馱運拿些貨就近想法周轉一些。早些年他跟著駝隊走張家口，歸化城，穿過蒙古草原，經過鎮西，將貨物運回到古城，那時的利潤還算可觀；但這也還是其次，跑了那幾次，他也認識了一些人，然後知道原來不光貨物有價，消息也有價值。這些天消息倒不缺，就是擔心送不出去。

月亮底下，他靠著牆根走，有一陣子月亮被雲遮住了，周圍的黑暗讓他覺得安全。後來月亮鑽出雲層的時候，一下子大放光彩，讓他吃了一驚，好像頃刻之間暴露了所有的祕密。那個時候，他已經走到了縣二中，他覺得這裡應該有駐軍紮營。這支軍隊幾天前攻入奇臺城內，就是在這兒的大操場開的市民大會，為的是穩定人心。如今軍隊分散在城裡，按兵不動，為了更大的目標補充給養準備繼續西進。他不知道自己來找什麼，能找到什麼，這年月裡軍隊來來去去，他彷彿喪失了判斷誰對誰錯的能力，到後來，只想給自家找一條生計之路而已。

他躲在街道轉角陰影中朝學校的方向張望，他不敢去正門，學校後邊的操場似乎沒有駐守的士兵，但遠遠近近都黑魆魆的看不太清楚。月光忽明忽暗，藉著月亮露出雲層，他卻猛地看見前頭樹底下站了個人，突然出現的人影唬了他一跳。待看清是個女孩子，快撲出喉嚨的心才定了下來。

那女孩梳了根長辮子，卻穿著男裝，這個時候站在這種地方當然是在等人。他覺得也許今晚沒有白跑一趟，可是同時因為不知道周圍會有什麼危險，而覺得膽戰心驚。那女孩抬頭看看天上的月亮，月光照在她臉上時，讓他看到她側面的輪廓。她的面容使他覺得意外，那輪廓固然稱得上美麗，但是另外有一種讓他摸不著頭腦的東西，讓他突然覺得安全。

一會兒，果然來了個軍官，兩人站在樹下說話，他聽了一陣，兩人說的全是告別的話，聽他們口氣那女孩子第二天要往南疆去。他聽了不勝詫異，這兵荒馬亂的，要怎麼走？

他聽得出神，沒提防突然有人在他身後低斥一聲，背上便頂上了硬硬的傢伙，不用說便是一桿槍。

那邊的軍官揚聲問是什麼事，他聽見身後的士兵說報告，發現了探子。一面將他手扭到身後，牢牢制住。他心中暗暗叫苦。

軍官跟那女孩子走近，一照臉，都吃了一驚。那軍官很年輕，他立刻明白此人就是傳說中這支軍隊的年輕師長。那些傳聞讓他出了一身冷汗，覺得自己運氣太差，不知道家裡人少了他，今後要怎麼辦。

誰知他卻聽到那軍官打量著他，聽他辯解，輕描淡寫說，就是個老百姓，不用大驚小怪，讓他走吧。然後口氣隨意地問他是不是漢人，在奇臺做什麼生意。

他誠惶誠恐答了，等回到家，還不敢相信自己有活著回來的運氣，同時自覺不是做探子的料。

這是喬治的曾祖父的故事，大人講給他聽，是為了讓他了解家族歷史，他們家祖上天津人，闖西關做生意討生活，在新疆奇臺住了多年，那都是上個世紀的事了。

喬治問說故事的祖父，道，那後來怎麼回來了。

祖父說，之後，那支軍隊走了，別的軍隊來了，過不久，有個俄國人來找你曾祖父，問那段時候古城發生了些什麼，他將道聽塗說的都說了出來，直到說到那晚的事，說到那女孩子，那俄國人問準了那女孩子去了南疆，才似乎滿意，而且很高興。後來，俄國人走的時候，留了筆錢。我們家，就靠著這筆額外的錢回到了關內……

喬治眨著眼睛，問，曾祖父做過的事豈不是很不光彩？

祖父卻笑了，說，何必苛責。你們這些孩子，還沒有體會過夾在對與錯之間的那種為難，能有機會做一個天真的人是一種幸福。

喬治出生在美國，但是他不同意祖父的話，他並不覺得自己天真，只不過是歷史太複雜而已。

喀什噶爾

小瑞去斯德哥爾摩，正逢美國大選日；她先投票，再上飛機，等降落時，投票結果已經出來——飛機才停穩，多數人已迫不及待打開手機看新聞。她慢了一步，還沒開機，就已經聽人驚呼，這不可能！

本來應是塵埃落定時候，她以為任何結果自己都可以理性對待，但是待看清誰勝誰負，她突然前所未有覺得極度沮喪。乘客一面下機，一面議論紛紛，大都覺得不可思議；她打開臉書，在朋友的帖子裡也找到無限共鳴——周圍的人仍都與她站在一起，但那顯然並不是全世界。世界分成兩半，她從小都知道，也自小被教導要尊重不同，可是今日居然會因為這種選舉出現的分歧有心碎的感覺，連她自己也覺得意外。然後，她坐車往市區行駛，斯德哥爾摩已經是冬天，陽光時時躲到雲層裡，在明暗不定的光線裡，她突然意識到原來自己一直沒有看清楚過世界另一邊的樣子，她以為她的這邊理所當然就是所有人擁護和嚮往的，即便不是所有人，也是壓倒性的大多數，就是這突如其來的真相把她打敗了。這是二零一六年。十一月九日那一天，許多人有這種感覺。主流媒體事先預計的結果被全盤推翻，許多人失望，許多人卻也以為理當如此。

到了飯店，已接近正午。吧檯少有地聚集了一群人，一看就是美國人，前臺的小姐一面幫她辦理入住手續，一面不由自主朝那邊人群張望，臉上有種了解和同情；小瑞拿的是美國護照，所以她略帶抱歉的神情也分給了她。

小瑞查郵件才知道自己下午的會議被改成了明天，於是將行李放下，打算出去走走。外頭空氣冷冽，質感如薄脆的冰，那點銳利彷彿能讓人猛然地清醒，也許這正是她需要的。

據說斯德哥爾摩分布在波羅的海邊緣與梅蘭湖相接的十四個島嶼和半島上，她走了沒多久就遇見了橋，過了橋便是舊皇宮，皇宮後面是老城區，窄窄的街巷兩邊是古老的房屋。走在石子小路上，薄薄的鞋底讓她感覺得到腳下石頭的稜角，就像故意要她清晰地體會到路的存在，那並不是一種舒服的感覺。天色已經在暗下去——她上一次來，這城市正逢白夜，漫漫長日永無盡頭；而這會兒，時間雖是午後，卻已是黃昏的光景，氣溫也在往下降。她下意識推開一扇門，裡邊光線暖洋洋的，一室鋪天蓋地都是書，還有老地圖、印製品，擺在顯眼位置的是幾本裝幀精美的書籍，靜靜躺在木盒子裡，原來是間古董書店。

小瑞喜歡書店，正好瀏覽打發時間。店小小的，幾個架子按語言分類，英文、法文、瑞典文、俄文書籍尤其齊全，一整架子擺著自十八世紀起的全部俄文小說。另外還有不同類別科目的分類，要找歷史、地理、自然科學、藥理等等書籍，也一目了然。小瑞還看到一架子不同版本的聖經，前面櫃檯上有本古籍放在玻璃罩子下面，她好奇細看，卻不知所以然，那小書不知是什麼年代印刷的，文字彎彎曲曲，她也不識，老實說，品相也不好，看上去殘缺不全。她正端詳，身後有人清清嗓子說，這是《先知書》，石印的版本。

她一回頭，便知道那人是書店老闆，果然聽他繼續侃侃而談道，雖然書的狀態不算太好，但是這是我祖父當年親自從中亞帶回來的，所以對我來說非常珍貴，是非賣品。

她哦一聲，低頭細看，然後恍然大悟，說，這是維吾爾文。

書店老闆頗得意，道，沒錯。這是從新疆喀什噶爾帶回來的——妳……妳是華人？

小瑞點頭，不知怎麼解釋，想一想，說，我父母是從中國移民去美國的……然後，心中一動，又說，聽他們講，他們年輕時候也在新疆待過幾年……真是巧。——說完也不知道自己是說哪一點巧。

老闆哦了一聲，意味深長，瞧瞧她，說，他們是響應上山下鄉的政策去新疆的？

小瑞不想到他對中國歷史居然還有幾分熟悉，點點頭，他卻語帶遺憾接著說，我自己從來沒有去過新疆，我祖父在那兒停留，也過去七八十年了。

小瑞更覺得好奇，問道，那應該是上個世紀二零年代，還是三零年代？你祖父是瑞典人？

書店老闆五官深邃，有典型的北歐人特徵，他好像早預見到小瑞的問題，點頭，笑一笑，說，妳若有時間，我便給妳看點東西？

小瑞看外頭天色，已經黯澄澄一片，街上行人稀少，她本沒有任何計畫，倒是這一室若有若無紙張的氣味叫人眷戀，多留些時候也好，便順其自然點了點頭。於是，老闆自我介紹叫盧卡斯，他從書店中央螺旋狀的樓梯往上走，下來時拿了一隻嵌螺鈿的漆盒，充滿東方風情。打開盒子是薄薄一疊黑白老照片，她取過來看，上頭幾張跟她見過的中國老照片類似，好像是北方城市的街景，到下面幾張她不由取出細看，因為一看便知道是他祖父去新疆時候所攝，有積雪的遠山風景，朝拜人群人頭攢動的清真寺，貨品琳琅的市集，還有人物特寫，不過幾張維族老人和孩子的照片都有些模糊，她問，是你祖父拍攝的？他一個瑞典人怎麼會想到去新疆？離北歐那麼遠，簡直是天涯海角。

老闆笑了，道，那時想去新疆的瑞典人可多了。先是傳教士，又有科學考察隊——對那時的瑞典人來說，位處中亞的新疆是一個頗受歡迎的旅行目的地。

她露出不可置信的表情，老闆解釋道，那是因為當年馬可波羅著作的一個腳註提到瑞典人的故鄉在喀什噶爾，這說法其實出自遠古瑞典編年史，後來也被一位寫成吉思汗傳記的作家引用——這說法流傳開來，人們難免想去一探究竟……

原來是這樣。小瑞點頭同意，說，既然是這樣，那是要去看一看，這樣才好知道是真是假。結果，你祖父找到答案了？

盧卡斯一面搖頭，一面將喀什噶爾的照片挑出來，說，到了世界另一邊，才知道世界這樣大，原先的問題反而變得渺小不值得探究。我祖父去的時候恰逢戰亂，差點丟了性命。他一個人在喀什噶爾滯留了一段時間，後來在新疆碰到一支瑞典考察隊，才同路安然回來。他受人之託，在喀什噶爾想要找一些有關祈雨和咒語的手抄本，可他還是去晚了，古老的手抄本已經很難找到，不過好歹帶了這本石印的書回來作紀念——《先知書》裡邊許多伊斯蘭教先知的歷史其實是以《聖經》作為基礎的，不過加入了維吾爾人的信仰和傳說——我不懂維吾爾文，不過懂不懂文字，不是重點——妳看，這算不算是基督教很早就傳播到中亞的證據？將基督教傳播到中亞的是瑞典人，我祖父算是沿前人足跡走到了喀什噶爾，也不止他一人，當時已經有傳教團在當地住了二三十年……

他說著說著，揀出一張照片，讓小瑞看，說，這是喀什噶爾巴扎裡賣古董的鋪子，這書就是從那裡帶回來的。小瑞好奇看照片，影像居然相當清晰，讓人意外——坐在鋪子中央地毯上，頭纏白巾的顯然是鋪子的主人，周圍雜亂地堆著各種東西，瓶子罐子盒子箱子，也有一些堆積的書卷。引起小瑞注意的是照片一角另一個人——是位女子，戴著黑色面巾，只照到半張臉，好像成心要躲避鏡頭，但還是被抓住了一雙眼睛——小瑞被那雙眼睛吸引，覺得懾人心魂，美得不可方物，不由看了好一會兒，然後遲疑問，她是維族人？……怎麼不像？

盧卡斯瞧一瞧，哦一聲，笑道，妳說對了，她是漢人。看這些照片的人，都被這雙眼睛吸引。祖父拍成這照片不容易，語言不通，說服不了鋪子主人，但卻因此遇見這位女子，她會說英文，也能講維文，三言兩語說服了店主，還幫他找到了這本書。祖父說是他自己不厚道，那女子不願入鏡，他偏悄悄試著偷拍，結果偷到了一雙眼睛。

小瑞還是好奇，道，你說她是漢人？

盧卡斯點頭，神祕地笑一笑，道，沒錯，祖父還說她當時住在喀什城外的蘇聯領事館裡……

小瑞吐吐舌頭，道，漢人，能說流利的英文和維語，又有蘇俄背景，聽上去是那種不該招惹的人。

盧卡斯同意道，可不是，所以那是一場奇遇。那時候的南疆就是這樣複雜，讓人忍不住猜測那樣一個人在那裡起到了什麼樣的作用。

小瑞卻說，也許那一切跟她沒什麼關係。

盧卡斯點頭說，也許。然後，把照片收拾好，小心地放回盒子裡。

小瑞忍不住問，那時的南疆聽上去真像是個冒險家的樂園。

盧卡斯一愣，說，那是個角逐場，英國有英國領事館，蘇聯有蘇聯的勢力範圍，中國中央政府空有名義，卻什麼也管不到，反正形勢很複雜吧。——但要說得更具體他也不能夠了——歸根結底，他們都不了解，所以一時都沉默下來，好像被這世界的廣袤震懾住了。

那個黃昏，小瑞還是在店裡盤桓了好一陣兒，買了一張中亞的老地圖，新疆在正中央，她覺得可以當作禮物送給自己父母……告辭時，夜色濃郁。路燈下，心中失落徐徐升起。不管是對於歷史，還是今天的這個世界，她彷彿一時間都失去了理解的能力——走在石子路上，她有一種淡淡的挫敗感。

就這樣，她往飯店的方向走去，慢慢地走回現實之中……一切才剛剛開始而已。

伊爾克斯塘卡

伊爾克斯塘卡地處要道，是個重要的交通咽喉之地。現今口岸的對面就是吉爾吉斯斯坦，在清朝，郵政通路剛開的時候，南疆往內地的信件都是由疏附縣郵便局收寄，先經過這個口岸到俄國境內，然後從西伯利亞鐵路，到達那時的滿州，再分發到各地去，那時的信件貼的都是俄國郵票。

老人一口氣說完上面這番話，停了下來，若有所思。小孟打量著老人，好奇地問，那民國時候呢？那時，郵件也還是要繞這樣遠的路？如果要寄信去蘭州，難道不能從北疆直接過去？如果進了嘉峪關，不就快到蘭州了？

老人吸口菸，想一想，說，很難，走不了那條路線，還是得從伊爾克斯塘卡走。那時候的電報也是從這個口岸跟俄國電報局接通的。

小孟的旅伴跟青年旅舍別的年輕人一起圍了一圈在打牌，只有小孟有興趣跟老人聊天。他問老人，您怎麼知道？

老人說，我以前就是守那個口岸的。

這時那一堆年輕人爆發出一陣喧嚷的笑聲，老人朝那邊看了一眼，說，你不跟他們玩去？年輕人在一起才熱鬧。

小孟動也不動，抱膝坐在地毯上，說，我愛聽您說些以前的事情。

老人咳了一聲，瞟他一眼，說，有什麼趣兒？過去的早就過去了。他一面說，一面將手裡的菸蒂順手在旁邊一個陶罐上按了按。

小孟微微一笑，起身到他朋友身邊，從他口袋摸出一包菸，拍拍他的肩，他朋友看也不看，點了點頭。小孟走回來，把菸遞給老人。

老人揮揮手不接，說，這些菸都沒勁。你若找得到莫合煙來，算你本事。

小孟笑嘻嘻坐下，將一包菸拿在手裡，把玩著，說，那菸不是被禁了嗎？味道真那麼好？您真想要，我明兒在巴札上留意一下，昨兒還看到有人用長條紙片捲了菸，抽得美滋滋的，就是那個？

老人不答，瞧著他，問，哪裡人？

小孟說，我是甘肅的。我們是鄰居。

老人噗哧笑了，說，還遠著呢，甘肅離開喀什十萬八千里呢，怎麼就變鄰居了？

小孟陪著笑說，也不是那麼遠。現在交通方便了，說來就來了。

老人笑了笑，似乎不以為然，但是也沒有反駁，好像到了他這樣的年紀，對任何事都沒有興致爭一個說法了。

小孟搭訕問，他們說您孫子是這兒的老闆？您老也長年住在這青年旅舍？……您老今年高壽？

老人反問他，你多大了？

小孟說，二十幾歲。

老人似乎無可奈何，也透著疑惑，道，你們這些年輕人都不用做事嗎？成日就這樣晃來晃去，到處玩耍？

小孟錯愕，抓抓頭，說，即便工作，不也要休假嗎？我喜歡南疆的風光……

老人哦了一聲，說，休假？這是個休假的地方嗎？

兩人沉默了一會兒，老人又開口問他，小伙子，你是甘肅哪裡人？

小孟道，我是河州的。

老人嗯了一聲，重新抬頭，瞧著他，說，河州？現在是不是叫做寧夏市了？

小孟還沒有回答，老人又說，我倒遇見過幾個河州的小伙子。

小孟不在意地回答，是嗎？他們也是來旅行？住在這裡？

老人搖頭，說，一九三幾年，世界亂著呢，哪有旅行這個說法？那會兒，我就在伊爾克斯塘卡做事，來了一批人，由蘇聯人陪著一起過境，在塘卡逗留了一兩天，裡邊河州人可不止一個。

小孟一聽來了精神，老人卻搖搖頭，伸手要過小孟手裡那包菸，抽出一支，看了看，勉為其難地點上了，說，蘇聯人從這邊送他們過去，那邊還有人來接，忒大的陣仗。

小孟問，是個大人物？

老人表情複雜地瞟他一眼，道，當年那麼大的事……你是河州人，話說到這分上，你卻還是不清楚那是誰，也就不用多說了。

小孟的興致被他這句話堵了回去，不知說什麼好，訕訕地站起來要走開，老人卻不緊不慢又開了口，道，當年，我這故事要說出來，多少人感興趣呢，誰知你不想聽。

原來老人是要吊人胃口，小孟便又坐下，道，您講我就聽著。

老人吸了幾口菸，又吐了幾口，卻道，沒有什麼好說的。大人物又怎麼樣，一時叱吒風雲，事過境遷，還不是被人遺忘了，說什麼也沒意思了。功過就甭提了——時間嘩啦啦過去了，誰還記得誰？

小孟耐心道，您總還記得些什麼？

老人這次終於點了點頭，嘆了口氣，好像專等著讓人反覆央求才肯開口，感嘆道，說來也奇怪，別的都記不清了，但是偏偏卻有忘不掉的記憶。都說他們不該去蘇聯，你說這話有沒有道理？

小孟駭笑道，您問我？我前因後果什麼也不知道。

老人接著說，那大隊人馬過境之前，有個河州的小伙子來與蘇聯人交涉。這兩人借我們的地方說話，說的話卻是相當古怪。他們以為我不會漢文，說話沒有避忌，那河州的小伙子一上來就問那蘇聯人，人到了沒有。蘇聯人卻含混不清不肯回答。我聽了半天才明白他們說的是個女子，全部人馬逗留著不走就是在等那個女子到底來還是不來。蘇聯人譏諷那年輕人，說他關心那女子多過關心他長官的前途，完全是玩忽職守。那蘇聯人漢文不好，但是譏諷人的本事卻不差，那小伙子既要維護他的長官，又要替那女子著急，還要替自己辯解，越急越說不清楚，那蘇聯人氣焰上勝了一截，到後來就語重心長要求那小伙子替自己做事，還羅列了諸多好處……

小孟明明聽得一頭霧水，可是又覺得如果寫成故事當真是情節跌宕起伏，引人入勝，這時為了表達真知灼見，插一句，說，蘇聯人做諜報最厲害了。

老人翻起眼皮，瞧他一眼，顧著自己說下去，道，那小伙子拒絕了。後來一群人就都往蘇聯去了。但是，我就不看好這夥人去蘇聯的前途。你看，這個局要說多複雜，就有多複雜，爾虞我詐的，還有個女子在中間……老人搖頭，說，我不看好，不看好。

小孟點頭附和，說，是，是。

那一頭，牌打完了，他朋友起身，拉他過去，一面低聲開玩笑，道，跟這老人家有那麼多話說？都說他年紀大，糊塗得很，顛來倒去，什麼也說不清楚……

老人似聽到了他們的話，長嘆一口氣，唉一聲，抬高聲線道，那你倒說說看，這世事哪一件事是說得清楚的。

那一刻，正好無人說話，這話顯得格外清晰、有力，卻充滿了無奈。

維也納

週一的辦公室似衝鋒陷陣的戰場，大家一見面又必然說到新聞，議論上個週末巴黎遭遇的恐怖襲擊，忙中又添心緒不寧。到中午時間終於略舒一口氣，小枚去找歐文，祕書卻奴奴嘴說，他帶著照相機出去了。小枚道，中午不是有約？難道忘記了？

祕書趁空閒，正把自己臉書的頭像背景換成法國三色國旗，想一想回答，應該沒有忘，他說等他拍了每日的臉譜照片就直接去餐廳。

拍臉譜？小枚奇道。

你不知道？祕書說，辦公室每個人都看過他的照片。他每日拍一幀人物肖像，貼在他自己的網站和臉書上，很受歡迎哦，到年底他自己還舉辦年度肖像評比，讓朋友們投票。

拍誰？小枚還是沒明白。

祕書耐心地解釋，就是路人甲乙丙丁，……然後看著她，說，程總您太忙了，有空去網頁看看。

小枚不太熱心地喔了一聲，嘟噥道，只要別拍我就行。然後交代祕書，打個電話提醒他。

結果歐文準時出現，小枚先幫他介紹給一起用餐的客戶莊先生。小枚的公司主持一家以貧困兒童為服務對象的慈善機構，莊先生是新一輪年度計畫亞洲區的主要捐助人，因為歐文從紐約總部出差到香港，所以相約見面。但是莊先生對機構運作細節並不感興趣，一坐下來，就先說歐洲局勢，說得七情上面。然後，莊先生問歐文，你的姓，魯賓斯基，是猶太姓？

歐文說是。

莊先生欲問又止，歐文並無忌諱，心平氣和自己交代家世背景，說，我們家是二戰前後時候移民到美國的，那是我祖父輩的事，我們家本來在維也納。那個時候，猶太人要離開歐洲非常不容易。

莊先生嘆口氣，又想起眼下局勢，扼腕嘆息說，也不過略微太平了幾十年而已。難道亂事就要再起？頓一頓，他說，我們三個人，坐在這裡，說的話不痛不癢。那些擔心恐懼像投入海裡的石頭，一點浪也起不了，但歷史的大浪說來就來，席捲一切，多半違背個人的意願。個人的力量有限，常常覺得綿薄無力。

小枚一怔，歐文卻先開口，說，倒不見得，我有個故事，那是我祖父經歷過的——讓我先講一講，可好？

莊先生說，當然好。

歐文便道，話說一九三八年，納粹武裝占領了奧地利，我祖父當時二十歲，與家人一起在各國領事館間奔走，期望能早日辦妥離開歐洲的簽證，卻一概遭到拒絕，讓人絕望。後來他們輾轉聽說中國領事館的何鳳山總領事願意給猶太人發放去上海的簽證。當時，情勢緊急，聽說中國領事館的房產被納粹沒收，要去領事館有諸多不便，不過有人牽線說可以去找一對在中國領事館供職的年輕人，他們可以幫忙傳遞有關的文件。我祖父於是連忙趕去接頭，與他交涉的是一個年輕的中國女子，他去他們住的公寓，她什麼也沒有問，只讓他留下文件，第二天就可以回去拿簽證。他們就這樣拿到了全家十幾個人的生死簽證，離開歐洲，轉道上海，最後到了美國。祖父與那個年輕女子的交涉前後大約十分鐘也不到，但對祖父來說，當時情景歷歷在目，他說他們有一個小嬰兒，睡在一張白色的嬰兒床裡。他拿到簽證的時候，心情終於輕鬆下來，忍不住問她，歐洲這般混亂，你們怎麼不回祖國去？那位女子搖頭說，還回不去，他們要等一個人——時勢艱難，誰都有萬般無奈——但我們家，畢竟是僥倖地躲過了最壞的可能。

彷彿要作一個總結，歐文嘆道，有時候，這個世界需要的就是個人的那一點點力量，不是嗎？——就像莊先生所做的，也一樣。

莊先生卻說，我做的不算什麼，綿薄之力而已。然後，莊先生看到歐文的相機，問，喜歡攝影？

歐文打開相機，給他們看他拍的照片。小枚問，哪一幀是今天的臉譜？是個法國小女孩。歐文說，剛才在交易廣場外面拍的。

於是，小枚有板有眼跟莊先生解釋歐文的每日臉譜計畫，心中慶幸剛才與祕書聊了天。莊先生細看那張照片，照片上的小女孩看上去天真無憂慮。

莊先生將相機還給歐文的時候說，如果普通人的肖像看不到歷史的蛛絲馬跡，才算是年月太平。

歐文咦了一聲，道，你的意思是這個地方還算得上歲月靜好？

莊先生卻說，我希望如此。

歐文唉了一聲，低頭也端詳自己的那張照片，想找一找有沒有自己忽略的蛛絲馬跡。他突然說，最重要是家園不要成為回不去的地方。

這話，說得有點突兀，但到底還是讓人覺得意味深長起來。

里加

里加是波羅的海國家中最大的城市，是拉脫維亞的首府。小樹去里加前查了城市簡介，要不是因為坐郵輪，她壓根沒想到會來這裡。大家庭六七家親戚一起坐船遊玩，一路異常熱鬧。可是到里加的時候，小樹終於覺得不勝熙來攘往，宣布她要脫離大隊人馬，一個人安安靜靜去老城逛一逛。她已經是大學生，自己作主，誰也沒有異議。

一個人遊玩的壞處是到拍照時就手忙腳亂。她在李維廣場看見那幢著名的新藝術裝飾風格貓屋，想以黃色大樓頂層尖頂上那兩隻躬身發怒翹著尾巴的黑貓作為背景自拍，不過手舉著手機，怎麼也擺不好位置。這時，旁邊有個聲音笑道，讓我來幫妳？

她回身一看是那位剛才一直在廣場上吹薩克斯管的年輕男子，這時已經把樂器收了起來，正拿著一瓶氣泡水，邊喝邊休息，看上去百無聊賴，有的是時間與人搭訕。小樹笑著點頭。

年輕男子拿著她的手機，退後幾步，把她和屋頂的兩隻貓都收在鏡頭裡，一面問，妳知道這黑貓的故事？

小樹說，怎麼不知道？屋主跟人鬧彆扭，所以在樓頂放了兩隻黑貓，尾巴對著人家的屋子以示洩憤。後來雙方協商，打算前嫌盡釋，於是把貓轉個方向，換作頭朝人家，就妥當了。那都是一百多年前的恩怨了吧？

年輕男子笑嘻嘻說，聽妳口音，是從美國來的。

小樹說，聽你的口音，你也是？

年輕男子卻說，我是拉脫維亞人。然後自我介紹說，我叫喬治。

喬治把手機還給她，小樹一面道謝，一面驚訝道，你的英文說得很好，沒有一點口音。

喬治卻又笑了，坦白說，我是在美國出生的，我父母也是；不過，我爺爺是拉脫維亞人，所以我也是拉脫維亞人。

小樹疑惑問，你住在這裡？

喬治搖頭，說，趁暑假來旅遊，妳也一樣？

小樹點頭，看著他裝薩克斯管的盒子，問，你剛才吹的是電影《豔陽時節》中的曲子？

喬治一怔，道，妳怎麼知道？那是很老的義大利片。

小樹說，我是學電影的。這部片的音樂很美。

喬治說，演員也美，不過是戰爭年代的故事，生命脆弱，美也就美了一會兒。

他們聊了幾句，居然頗為投機，喬治知道小樹在里加只不過逗留一天，剩下不過數小時，便毛遂自薦說，我帶妳走一走，城裡那些新藝術裝飾風格的樓房，值得一看，都是上個世紀初建的，跟我爺爺的年紀差不多。

小樹問他，那後來，你爺爺是什麼時候移民去美國的？

喬治說是戰後，道，那時蘇聯吞併了拉脫維亞，我爺爺政治上有些問題，不敢留下來。

小樹咦一聲。喬治淡淡說下去，波瀾不驚道，戰前美國在里加有一個情報所，專門收集蘇聯的情報。我爺爺幫他們做過事，事後，當然怕蘇聯人算舊帳。

小樹奇道，為什麼在里加設情報所？

喬治沒好氣回答，因為里加一直是個重要的大城市。

小樹哦了一聲，有些不好意思，覺得自己孤陋寡聞，小瞧了這個地方。喬治居高臨下似地瞥了她一眼，道，當年，美國駐里加公使館專設了一間俄文圖書館，藏書之豐在蘇聯境外獨一無二，無可匹敵，光是蘇聯報紙和雜誌就訂閱了五十多份，蘇聯新的出版物幾天內就能送達。我爺爺最初只是替他們遞送報刊，後來因為救了一位情報官，才開始正式被收編為機構的雇員。

小樹問，發生了什麼事？

喬治說，那位情報官員應該是被蘇聯人盯上了——情報所有親蘇派也有非親蘇派，如果不親蘇，便被蘇聯人認定是敵人，麻煩就找上門來。我不清楚細節，但後來我爺爺移民去美國的確是那位情報官助了一臂之力——我爺爺肯定是救過人，那是錯不了。

小樹由衷評價說，驚險！

喬治提著他的琴盒，用盒子前端指著那成排的建築，如同指點江山般說道，上世紀初，財富的積累成就了這些建築，美輪美奐，可好日子只持續了一小會兒，沒多久，第一次世界大戰爆發，二戰又接踵而來，沒完沒了啊。

小樹嗯一聲，道，所以有感而發，剛才才會在廣場那邊吹《豔陽時節》的音樂？

喬治卻說，沒想那麼多，只是順便賺點旅費而已。那些往事都過去了，人們早忘得乾乾淨淨。

然後，他們保持默契，關於歷史的話題到此為止。兩人在老城兜兜轉轉，走在那老城街道上，一幢幢漂亮的新藝術風格建築近在咫尺，微風輕拂，終於吹散了耳邊那些零散的隻字片語，她只覺得歲月像一幅被精雕細琢過的畫，滿心歡喜，願意作那畫中人。

很快到了分手的時間，他們揮手道別並沒有任何牽掛。

回到船上，一大家子還是一如既往喧喧嚷嚷，卻沒人問小樹去了哪裡，直到大家交換照片，才知道原來都在那貓屋前留了影。

巴黎

夏天過去了，吉婭約她的髮型師剪頭髮，才知道髮廊已經從中環的辦公大樓搬到了上環老街。她很喜歡上環的小街道，百年老鋪林立，茶莊、海味鋪、蜜餞行、刻圖章的、配鎖匙的、治跌打的，要什麼有什麼，這兩年又冒出許多年輕人經營的小餐館，連帶米其林星的名廚也選擇在這裡落戶，同中存異，因為世俗才有趣。

髮型師路克是髮廊老闆，法國人，已經在香港住了二十餘年，見了吉婭很高興，老客人不用細問就知道她要的是什麼。新鋪秉承之前充滿未來感的裝修風格，門前小街上人群絡繹，熱鬧中帶著市井氣，看來路克終於擺脫了原先辦公大廈他不喜歡的那種刻板整齊。不過，總有擺脫不了的煩惱，他用不太雀躍的口氣對吉婭說，夏天，回了趟巴黎。

吉婭自鏡中與他四目交流，他搖了搖頭，卻沒把臉上的無奈甩掉。她當然知道他為什麼煩惱——這一年來，巴黎成了是非之地，好幾次成為恐怖襲擊的目標，日子殊不平靜。路克長嘆口氣，髮廊裡嗡嗡地響起吹風機的聲音，此時聽上去像傳遞著無邊惆悵的詠嘆調。

吉婭看著鏡中的自己幾年如一日的髮型，不過修修剪剪中，還是儼然出現了一個全新的自己。只是路克看上去情緒有些低落，剪落的髮絲翩然落地，但剪斷的不是他的煩惱絲，吉婭目光落在鏡中髮型師的身上，可只看到個低頭的側影，忽左忽右忙碌著，像走不出一團小範圍的氤氳的惆悵。吉婭輕咳一聲，問他，家人都好？

路克像驀然驚醒，順手摘了一個笑容掛在臉上，說，都好，都好。生活一樣過，巴黎也還是巴黎，除了遊客少了一些。倒是我遠遠住在香港，只看著新聞，反而更覺得心驚肉跳。而我祖父，根本是氣定神閒，情緒一點也沒有受到干擾，批評這些政客不知道處理意見不同是極其幼稚。他說二戰他都經歷過了，還怕什麼——可話也不能這麼說啊，那時戰爭開始，他連十歲都不到，有的是時間治療一切戰爭的創傷，你說是不是？可到了他現在這樣一把年紀，哪經得起再經歷一次亂世？——可誰知道呢？這樣的事，真發生了誰也沒辦法，這世界真是一團糟啊。路克聲音輕下去，像嘟囔著說給自己聽，可語氣充滿了自己也不願相信的拍案驚奇。

你祖父幾歲了？吉婭問。

路克說，八十五了。夏天回去，剛好是他生日，我們把舊照片理出來，做了一段影片。說到這裡，他忽然像孩子般興致勃勃，問，妳要不要瞧瞧？花了我不少時間，沒有比老照片更有魅力的東西了。

吉婭自然說好，影片在路克的手機上——黑白照片開場，漸漸變成彩色，年華更替，大家庭始終是大家庭，幼兒成長，青年人老去，老人淡出，家庭總是添新成員，任何一個時期都是幾代同堂，背景配著法國手風琴音樂，時光彷彿流淌得十分歡快，而照片中背景看得出他們大部分時間都在巴黎，那城市一貫風姿綽約，正像路克剛才說的，任何時候巴黎還是巴黎。

吉婭看了一遍，又重頭開始，湊近畫面細細尋找，然後按了暫停，指著定格的鏡頭，問，這也是在巴黎？——照片上一個六七歲的男孩站在高樓頂上，鏡頭俯視，近處的應該是塞納河，但遠處背景卻有兩座巨大無比的塑像，聳立在高高的基座上，一邊是隻老鷹，另一邊遙遙相對，是一男一女昂首挺胸，擺出闊步向前的姿態。吉婭用手指在屏幕推移，想放大那圖像，卻沒有成功，她再湊近一點，疑惑地問，這是什麼風格？不像是巴黎的情調，怎麼如此氣勢洶湧。

路克低頭瞄一眼，便笑了，說，巴黎不可以氣勢如虹？我們那兒也有過大革命的，不光只有藝術和美食。不過，這兩座雕像倒真不是法國製造——那是一九三七年巴黎世博會時的產物，一邊是德國館，另一邊是蘇聯館。氣勢洶湧？當然囉，這是後來二戰時交戰的雙方，不巧或者太巧，在戰前就這樣先對上了，雙方大概都抱著無窮的自信，覺得自己守護著整個世界的真理，只是那時還沒權衡好對方是敵是友，先亮一亮鋒芒再說。

吉婭皺眉細看，那老鷹可不就是德國的那隻鷹，而那高高在上似要向前奔跑的男女——路克彎腰指一指，跟她解釋——代表的是工人和農民，手中舉的可不就是從前蘇聯宣傳畫中常見的鐮刀和鐵錘。這樣大型的不鏽鋼雕像在當時不能不說是個奇蹟。路克端詳鏡中的吉婭，用手指整理她的髮型，一面絮絮說道，也只有蘇聯那樣的國家機器才能在那麼短時間內造出這樣的大傢伙來，所以德國不示弱，也做出了盤據在同樣高度的老鷹雕像——一部國家機器對著另一部國家機器，就在艾菲爾鐵塔前，隔街相望，分明想要分出高下。

路克的口氣像是在議論兩家服裝品牌的商戰，輕描淡寫，然後退後兩步，注意力全在自己的成果上，然後滿意點頭說，Voila。他拍拍手，問吉婭，照片不錯吧？

吉婭由衷道，角度照得真好。

路克說，當然，我的曾祖父是攝影記者，這是他得意之作，照片上的是我祖父。對了。說起來，還有個故事，在我們家，祖父一直被開玩笑叫做是「被中國人撿回來的那個孩子」。

嗯？

路克笑道，我曾祖父去世博會，只顧攝影，把六歲的孩子——我祖父——弄丟了，是位中國小姐把他找了回來——為這事，曾祖父特地帶祖父去拍照，頗花了些功夫找到最合適的樓頂，想拍下世博會全景作為補償——喏，就是這一張。本來要拍艾菲爾鐵塔，但後來改拍到了這兩座巨大的雕像——倒還是這樣有意思。

世博會上的中國小姐？吉婭笑了，說，是什麼樣的中國小姐，你祖父還記得？

路克道，可不是，我祖父對那位中國小姐倒是記憶深刻，別人一提「中國人撿回來的孩子」，他就開始說那中國小姐的事，這幾年尤其如此，只是他年紀大了，記性越發不好，故事越說越顛三倒四了……

吉婭笑問，他到底說了什麼？

路克道，走丟的明明是他自己，他卻說是那位中國小姐走丟了，還說走丟的不僅是那位中國小姐，她的愛人也丟了，她在世博會上千尋萬找，卻怎麼也沒有頭緒，就把自己也弄丟了。反正，在他印象裡，那個時候所有人都走丟了，迷途了。

吉婭說，噢？聽上去有種羅曼蒂克式的淒涼——那不是二戰前？戰爭要來，難免有些生離死別的故事。

路克堅持道，是他年紀大糊塗了。我父親小時候聽曾祖父說起過那位中國小姐的故事，情節不太一樣。我祖父說她法文流利，人也美麗大方，氣度不凡，猜測她是中國政府某位高官在外留學的子女，那時的版本可沒包括她和她的愛人都走丟了的橋段——是祖父記糊塗了吧，年紀大了，一廂情願編出新的、支離破碎的情節，來印證自己的想像——他甚至還說這位中國小姐會講俄文，被幾個蘇聯人跟蹤，他見了好奇，不知不覺跟上去，以致迷路；而且是他救了那位中國小姐，因為跟他在一起，才讓蘇聯人改變主意，不便上前來找麻煩，倒是他幫了她的忙……

吉婭笑說，驚險刺激，老人想像力豐富。

路克無奈搖頭，說，他愛看John Le Carre的小說，自己不知不覺代入了諜戰角色？還言之鑿鑿說是中國小姐要他保密，所以大半個世紀他從未提及——在想像中，他把自己變成重要人物……

吉婭咦一聲，說，也許一切確實發生過——人們會對孩子說真話，對所做的事也不加掩飾，你祖父也許真的目睹了一幕真實的歷史……

路克搖頭，說，所謂真實的歷史，沒法確知了啊。可他那時才多大，哪裡記得清楚？——但誰知道呢？世事不可思議……各種戰爭的起因對於我來說都十分費解，也許我不是個聰明的人。他將自己的手機拿回去，瞄一眼屏幕，說，那世博會為了標榜和平與進步，花了那麼多力氣展示技術、藝術和誠意，結果那和平只是虛有其表而已……妳知道嗎？其實，開幕前一個月，德國剛剛轟炸了格爾尼卡；緊接著，中國發生盧溝橋事變，開闢了亞洲戰場……說什麼都沒有用，亂局已定呵……這時候，手機屏幕驟然暗了，那照片淡出了視線。

路克拿過一枚鏡子，退後一步，比劃著角度，好讓吉婭看清背後的樣子。鏡子反射的光線像倏忽而過的時光，讓人眼前恍然一花。

髮廊裡都是鏡子，吉婭稍一轉頭，就看見了無數個自己，像步入奇境的愛麗絲，沉浮於時光之外。她彷彿重新打量自己，同時好奇問，路克，你以前是學什麼的？怎麼說起歷史來這樣朗朗上口？

路克笑道，我以前正是學歷史的。……然後，將手中的鏡子遞給旁邊的助理，道，學了歷史，才知道歷史不過是無望的重複，歸根結底，人們什麼教訓都沒有學到……真是可惜……

吉婭看著自己的背影出神，還沒有反應過來，路克卻轉了話題，笑著說，妳知道我為什麼會來香港？大概是家裡人老說祖父是中國人撿回來的，說得多了，潛意識裡便生了想來東方的根，結果先來到香港，住下來就走不了了，以為找到的是同中存異的地方……

世事難料。最後，他嘆了口氣，這樣說，這城市也在變化之中啊。

的確，這夏天容易讓人感嘆，每個城市都有自己的煩惱。

巴塞羅那

車停在門口的時候，天正下大雨。笛娜的母親開了門，門外是兩個年輕人，沒有帶傘，從車道走到門口身上已經濕了大半。她母親低聲道歉，說採訪沒有辦法進行了，爺爺剛剛送去了醫院。年輕人大吃一驚，既擔心老人的健康，同時也相當失望。笛娜聽到他們說明天一早就要從加州飛回北京，這一次錯過了與老人聊天的機會。

母親來不及客套，匆匆送走年輕人之後，就帶笛娜趕往醫院。笛娜的父親與弟弟一直等在那裡，她與母親趕到的時候，醫生剛好從急救室出來，面帶笑容，大家知道老人脫險，這才鬆了口氣。

要到幾天之後，笛娜才想起問母親那兩個年輕人有什麼事找爺爺。她母親說，那是兩個歷史系的學生，要寫關於西班牙內戰的論文，所以來找爺爺聊一聊。

笛娜奇道，這與爺爺有什麼關係。

她母親看她一眼，道，聽說他們正著手研究中國人參與西班牙內戰的歷史，妳爺爺作為志願者參加過當時的國際縱隊。她母親頗欣慰說，幸好這次爺爺無恙，等他病情穩定，精神好一些，妳可以自己問他。

笛娜老家在福建，爺爺是醫生，他那一輩是第二代移民，定居舊金山，她沒想到老人年輕時候曾經在歷史時刻遠渡重洋去過歐洲。

笛娜上網查了查歷史資料，略微了解了些來龍去脈。被認為是第二次世界大戰前奏的西班牙內戰，在當時社會矛盾激化下發生，政府改革失敗，左派右派相互攻擊，右翼軍人策劃引發內戰，最後無可避免走上武裝對立的道路；交戰雙方一邊得到蘇聯和墨西哥的援助，而另一邊選擇納粹德國、義大利和葡萄牙作為後盾。畢卡索著名的《格爾尼卡》便描繪了當時納粹德國對格爾尼卡城轟炸的情景，對不設防城市平民的慘烈攻擊史無前例，定格為歷史。人類文明暴露於現代常規武器之下，原本脆弱不堪一擊。

笛娜爺爺參加過的國際縱隊由五十多個國家的志願者組成，與共和軍站在一起對抗國民軍，海明威的小說《戰地鐘聲》就是以當時的戰爭為背景。笛娜看過那本小說，覺得戰爭之下，所有生命輕若羽毛，她想問爺爺的感受，這麼多年之後，對過去的戰爭到底還留下了什麼樣的印象。

爺爺在一個月後出院回到家中，笛娜跟他提起那兩個雨夜來訪的年輕人，爺爺很豁達地說，這是緣分，錯過的事也沒有辦法。

笛娜好奇地問，如果他們在這裡，你會跟他們說什麼？他們會不會錯過了重要細節，你應該跟他們用視訊連線。

爺爺說不必了，然後出了老半天的神，嘆口氣，道，個人歷史沒有什麼重要的，大多數到了最後都沉入了水底。歷史本來就是這樣，並不是為了被世人記住才存在。

笛娜有些意外，她以為說起當年往事，重提那些年少時候的夢想，爺爺難道不應該表現得振奮和激動？哪料他意興闌珊說道，戰爭的名義常常頂著正義的榮光，對個人來說，戰爭帶來的只有離散和苦難。

他閉目養神一會兒，睜眼見笛娜仍舊坐在旁邊，托腮看著自己，老人有些意外，道，那段歷史其實妳也都知道了，妳不是在網上查了些資料？

笛娜說，我要聽書上沒有的那些事。

爺爺哦了一聲，說，原來是這樣。老人興致始終不高，想了想，彷彿勉為其難，開口說，那年我是從三藩市出發，經過紐約，先到倫敦，然後再到巴黎，與別的志願者會合，再一起趕赴西班牙。在巴黎的時候，倒是碰到了有意思的事。我遇見幾個蘇聯人，他們剛從莫斯科來，跟我們一起等著上路去西班牙，他們無意間提起，問我知不知道有一個東干將軍也將去西班牙支援內戰。他們口中的東干人就是中國的回族，說起那個東干司令的名字，倒還是那個時代的風雲人物。我聽了有些激動，如果他真到了西班牙，我倒也想會一會。我問那幾個蘇聯人怎麼知道這位將軍也要去西班牙。他們說幾日前在巴黎世博會碰見一位中國女人，她向他們詢問這位將軍的下落，她說這位將軍也計劃從莫斯科出發，途經巴黎，將去西班牙支援內戰——她以為他會與他們同路。幾個蘇聯人兀自討論著這件事，充滿了忐忑不安——他們為了方便取得去西班牙的簽證，是以參加巴黎世博會為藉口，但這條路線祕而不宣，她是如何得到線索，再順藤摸瓜找到他們的頗為不可思議。他們猜測她的身分以及目的，聯想著各種可能的後果，患得患失。

笛娜問，後來呢？

爺爺好像累了，說，後來，到了西班牙，我們奔赴不同的戰場，就散了，我在醫療隊，見識了各種各樣的死傷，終於看到了戰爭的真實面貌。我也留意過那位東干將軍的蹤影，不過一無所獲。我總覺得那中國女子尋人的背後一定有耐人尋味的故事，如果告訴那兩位來採訪的學生，他們有資源，也許可以查得到前因後果。

可是，他卻又轉口說，其實查清楚了又有什麼意義，什麼都太遲了喔。

笛娜待要再問，一轉頭，卻見爺爺已經睡著了，神態安詳。

她學著大人的樣子嘆了口氣。

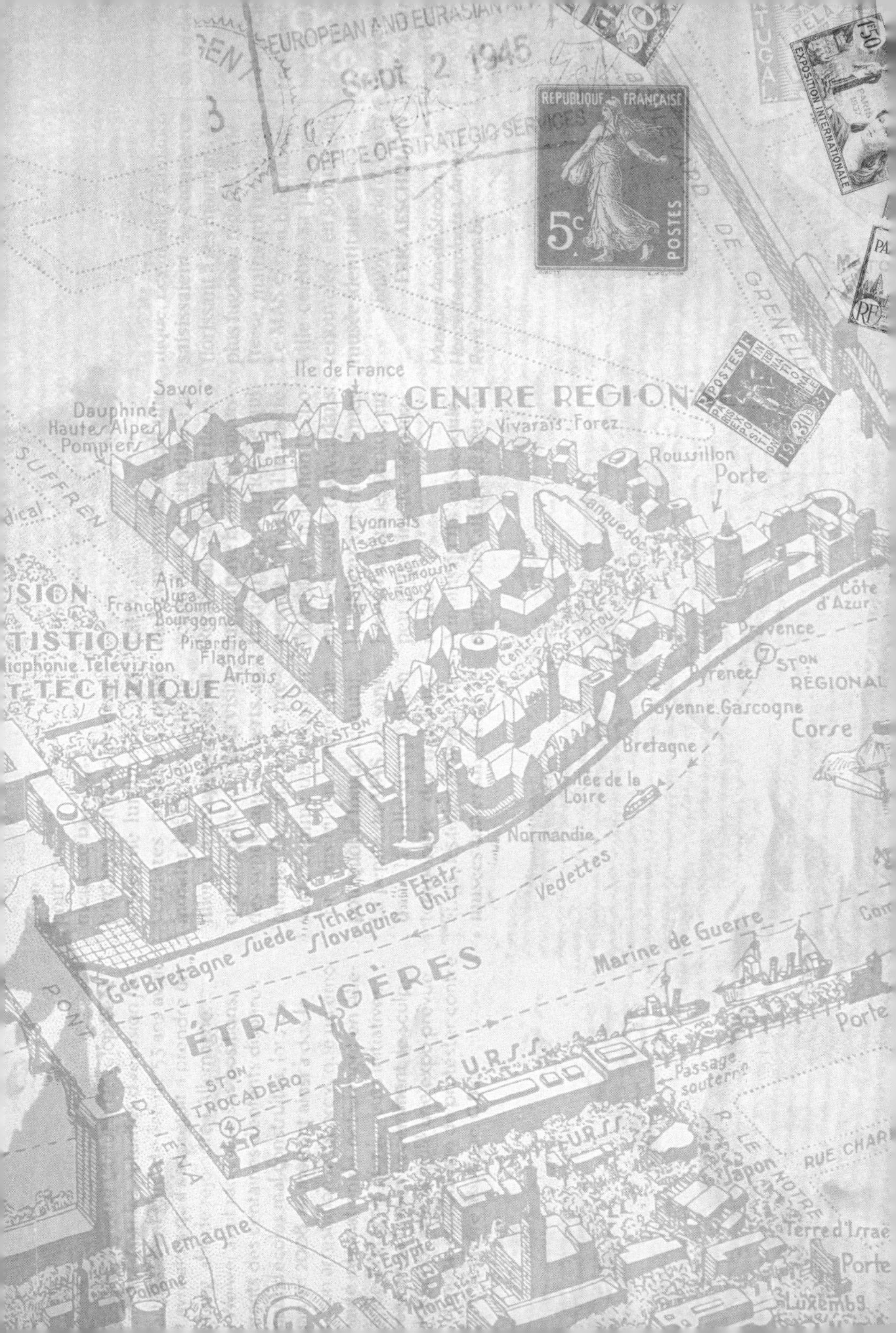
EUROPEAN AND EURASIAN
Sept 2 1945
OFFICE OF STRATEGIC SERVICES
REPUBLIQUE FRANÇAISE
5c
POSTES
EXPOSITION INTERNATIONALE
DE GRENELLE
Ile de France
Savoie
Dauphiné
Hautes Alpes
Pompiers
CENTRE REGIONAL
Vivarais Forez
Roussillon
Porte
Languedoc
Lyonnais
Alsace
Ain
Jura
Franche Comté
Bourgogne
Picardie
Flandre
Artois
SUFFREN
TISTIQUE
TECHNIQUE
Côte d'Azur
Provence
STON
RÉGIONAL
Pyrénées
Guyenne Gascogne
Corse
Bretagne
Vallée de la Loire
Normandie
Vedettes
Etats Unis
Tcheco-Slovaquie
Gde Bretagne Suède
ÉTRANGÈRES
Marine de Guerre
Porte
U.R.S.S.
STON
TROCADÉRO
Passage souterrain
PONT D'IÉNA
Japon
Terre d'Israë
Porte
RUE CHAR
Allemagne
Egypte
Pologne
Hongrie
Luxembg

一九四零年代的異境

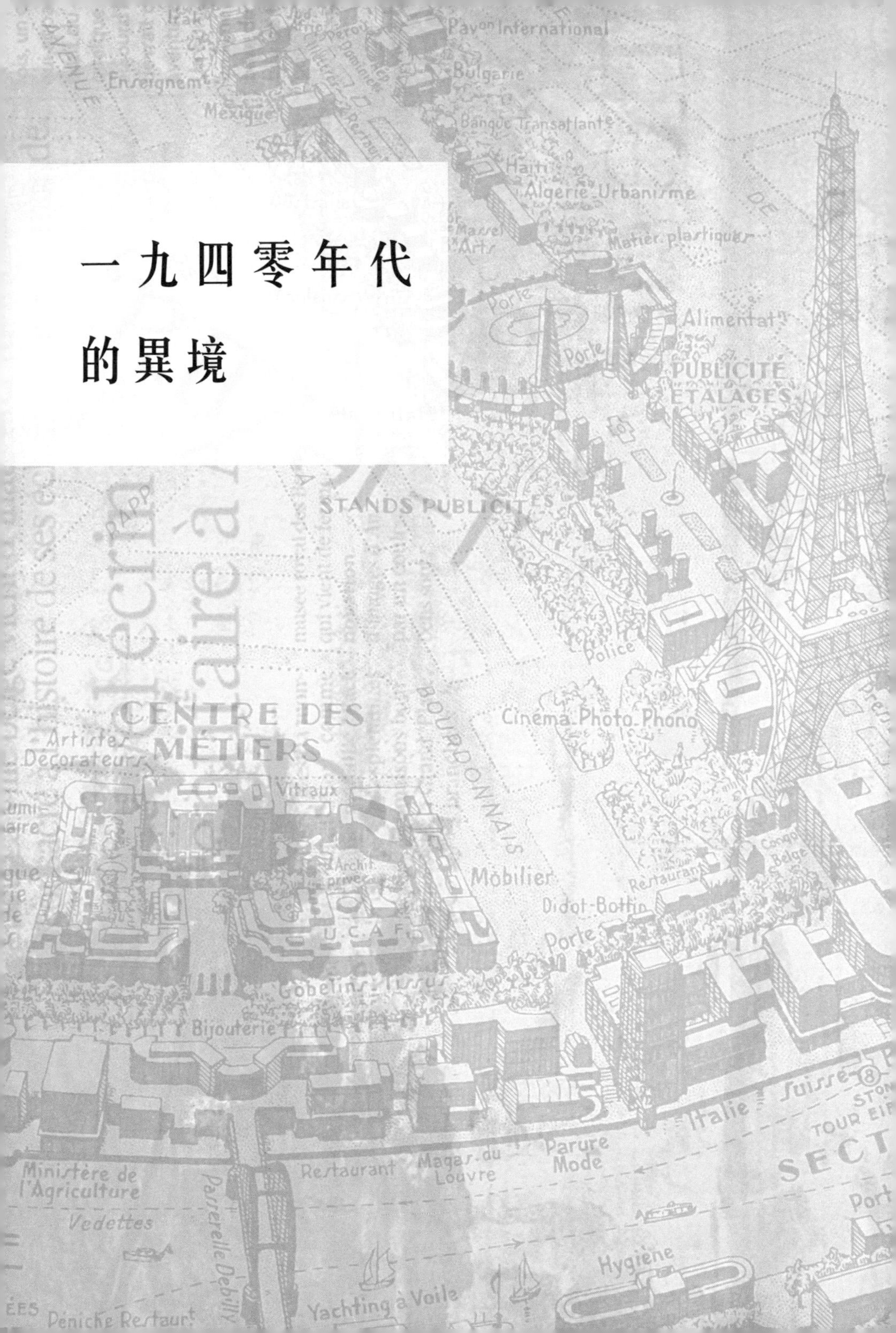
Pavon International
Bulgarie
Enseignement
Mexique
Banque Transatlante
Haiti
Algérie Urbanisme
Métier plastiques
Porte
Porte
Alimentat
PUBLICITÉ
ÉTALAGES
STANDS PUBLICITÉS
Police
CENTRE DES
MÉTIERS
Artistes
Décorateurs
Cinéma Photo Phono
BOURDONNAIS
Vitraux
Mobilier
Restaurant
Didot-Bottin
Porte
U.C.A.F.
Gobelins Tissus
Bijouterie
Italie
Suisse
TOUR EIF
Parure
Mode
SECT
Ministère de
l'Agriculture
Restaurant
Magas du
Louvre
Vedettes
Passerelle Debilly
Hygiène
Yachting à Voile
Péniche Restaurt

倫敦

倪倪趁大學暑假到倫敦去看中學時候的好朋友路路，她們在香港上同一所初中，升高中時，大批同學同時離開去上寄宿學校。她們兩人分別去了美國和英國。小時候她們無話不說，相隔幾年還是有說不完的話題，不過說的內容不同了，這一點，她們在倫敦一碰面就已經發覺，不過都不打算把這當作是大問題——人生總要往前走，這段友誼她們都會放在心上就是了——希望往後也能一直在彼此的生活裡占一個位置。

那兩天，路路有家庭活動，她不把倪倪看作是外人，問她介不介意一同參加——原來正碰到路路祖母的忌辰。倪倪當然願意同行對老人家略表敬意。老人家安息在倫敦北部的海格特墓地，墓碑前有小小一方花園，種著黃色白色的玫瑰，還有迷迭香，看得出有人細心整理過；還有一棵樹，樹幹碗口粗，依舊是棵年輕的樹，應該是老人到這裡的時候種下的，還在茁壯成長中。同來的都是路路的親戚，他們都不說話，放下鮮花，行禮，在沉默中各自想著心事，可是氣氛倒不凝重。倪倪忍不住猜測她的長輩們一起經歷過的種種，但是她不想打攪他們思緬故人，所以這不是提問的時候。天空很藍，陽光和煦，有人自他們身後走過，也拿著鮮花，為了不驚動他們，走得輕手輕腳，像在某個故事的邊緣走過。

路路他們一大家子的人並沒有逗留很久，但離開的時候，卻顯得頗浩浩蕩蕩，倪倪與路路走在最後。在墓地門口他們碰見一小隊旅行團，導遊正與滿頭白髮的看門人交涉，然後接過一疊印刷的小冊子，帶著興致勃勃的遊客們往裡走，剛好跟他們錯身而過。倪倪無意一瞥，見他們手中的小冊子上印著《共產主義宣言》幾個字。路路的叔叔走在她身邊，見她好奇回頭張望，便說，他們要去參觀馬克思的墓地，他的墓地在東區。

倪倪哦了一聲，有些意外。

路路的叔叔解釋，道，馬克思失去普魯士國籍後，在英國生活了三十四年，直到過世也沒有離開，後人為了紀念，修繕了他的墓地，還塑造了他的雕像。

倪倪對歷史不甚了了，隨口說，我以為他在英國並沒有太多的追隨者。

路路的叔叔道，但是同情者還是有的，二戰時期著名的劍橋五諜就是這樣的人。他們都畢業於劍橋，出身貴族，但是對英國的社會制度深刻不滿，覺得只有站在共產主義陣營中與法西斯作戰才是出路。結果，他們被情報組織招募，一生都在為蘇聯服務，變成克格勃的工具。

路路這時插嘴說，我祖母也在劍橋念過書，應該就是在差不多的時候——戰爭年代。

倪倪立刻恍然大悟，說，原來如此。——因為她一直疑惑老人家最後為什麼安葬在倫敦，原來這裡離少年求學時的地方相近。她隨口開玩笑說，她不會與劍橋五諜認識吧？

路路卻一本正經回答道，沒錯，她見過他們。

倪倪奇道，真的？

路路的叔叔點頭道，可不是，都在同一所大學，雖然不是同一學院，但劍橋並不大，見應該還是見過的。

倪倪揶揄路路，繼續開著玩笑，說，那他們難道沒有起招募她的念頭？多找一個中國人，隊伍豈不是更壯大。——你祖母是學什麼的？

路路笑著搖頭，道，祖母是學數學的，克格勃應該沒看上她，不過——她突然想起什麼，轉頭跟她叔叔說，您跟倪倪講講祖母在倫敦碰到那位美國人的那件事吧。——她朝倪倪擠擠眼，說，蘇聯人沒挑上她，但美國人卻差點看上了她……

路路叔叔笑著說，原來老人家也跟妳說過這個故事，還是妳說給妳朋友聽吧。

這回輪到路路說故事，他們已經上了車，路路的目光落在窗外，看倫敦城市風景徐徐掠過，她覺得自己的聲音像畫外音，正好配合這城市不變的古老風貌，她說，那時二戰剛剛結束，祖母在英國滯留了很久，終於到了可以回家鄉的時候，她在倫敦等船票，然後又要等船期。間中，她受邀去參加中國領事館的活動，碰到一個美國人，他與不同的留學生聊天，與她多聊了幾句，然後又約她另外見面，對她的政治立場很感興趣，非常明確問她願不願意回去之後替美國在中國的領事館服務。我祖母推辭了，心中懷疑他是替美國情報組織服務的。那人跟她自我介紹是羅伯特，但是她明明聽見有人用別的名字稱呼他。祖母對政治不感興趣，當然不想蹚這種渾水；也是因為這樣的原因，她二戰一結束就回到了中國大陸，可在五零年代初卻又離開，就是不想因為政治問題讓普通生活變得過分複雜。

說到這裡，她們坐的車經過泰晤士河。路路的叔叔有意無意，指著遠處一棟建築，說，那是沃克斯豪爾，軍情六處的總部，007那部小說很喜歡提及的地方。美國的中情局前身就是參照英國的情報部門建立起來的，組建正是在二戰的時候……

倪倪不由朝那建築多看了幾眼，有感而發道，不知道那時候的倫敦是什麼樣子的。

路路老氣橫秋，說，正從一場戰爭中站起來，一切正要重建……

根息島

小柔在海港小城普爾坐上駛往根息島的渡輪，渡輪在英吉利海峽乘風破浪往東而行。渡輪上還有一個中國人，戴一頂棒球帽的年輕男子，把帽簷拉得很低，一副不想搭理人的樣子。

船程有三個小時，已是九月，海風居然還有暖意。過了暑假，船上客人寥寥無幾。起先只有小柔站在甲板上，然後那位年輕的中國人也出來了，手裡拿著手機緊緊貼著耳朵。小柔一瞥之下看清那老掉牙的手機，居然是十年前那種款式，還吊著一個藍精靈的吊飾，她雖然心情不佳，也不覺露出了絲笑意。可手機的主人顯然沒有打算看見小柔，態度冷淡甚至漠然——但那好像也不特別針對誰，也許這種人對整個世界的態度都是這樣的吧——風朝小柔這邊吹，所以她聽到了手機裡那個氣急敗壞的聲音，宏亮地隨風傳過來，說，你到底在哪裡？多少人等著你新歌發布，你錄了一半怎麼就跑了？

那男子不知說了什麼，可手機裡的聲音比他高了幾度，道，什麼？你不在倫敦？不順？不順也要發！不順，你先回北京呀，你到底去了哪裡？

她聽到他漫不經心說，我又不是真跑了。給我三天……

這時，船一晃，小柔沒站穩，身子一斜，往後一倒，撞到他身上，他便往前一衝，跌在欄杆上，手臂狠狠撞了一下，老手機被甩了出去，遠遠地甩到了翻著白浪的海裡。小柔呀一聲，撲在欄杆上往下張望，回頭看他，兩人互望一眼，同時將目光投向正漸行漸遠的落水處，不出聲，像被嚇住了，看了許久，小柔愈看愈心虛，囁嚅道，怎麼辦？

他回身靠著欄杆，朝她看著，聳聳肩，好像無所謂的樣子。她臉漲得通紅，因為心虛，恨不得乾脆遁形消失，不知該說什麼，輕聲問，你是歌手？

他瞪著她，好像不相信她會問這種話。小柔心中咯噔一下，想，完了。一錯再錯，搞不好這是個大明星。

她伸出手，說出自己的名字。他像有些意外，臉上淡淡的笑閃了一閃，也伸手與她握一握，說出自己的名字。

他們就這樣認識了。後來她偷偷在網上搜尋一下，有關他的資料鋪天蓋地而來，果然是她孤陋寡聞了——不過事發當時，她什麼也沒問，他也什麼都不提，她將自己的手機遞給他，他卻搖頭不接，表示根本沒有要回電的意圖。

渡輪在茫茫無際的海面上破浪而行，冷風驟起，他們走進船艙。他把自己旁邊的位置挪空。他們並排坐著，誰也不說話。別人以為他們同行，走過的時候，打的招呼同時分給兩個人。她覺得自己有責任打破這尷尬的沉默，便說到了根息島，計劃再搭小渡輪去一個更小的島。他皺眉看著她，她才意識到他要去的是同樣的地方，而且當晚訂的居然是同一家小飯店——一切那麼巧，巧得讓她覺得抱歉——好像她注定要給他添麻煩。

根息島在英國與歐洲大陸之間，是英國皇室屬地，曾是二戰期間唯一被德軍占領過的英國領土，這段歷史在各種旅遊介紹中無一例外都會被特別提起；在根息島遠眺，法國諾曼第遙遙在望，所以這個島既充滿法國情調，又混雜著英倫風情，至少體現在建築風格上，不拘小節，隨興自由。而他們去的那個小島，更是一派自然風光，幾乎沒有建築。他們住的小飯店是民宿，正在島中央，那天只有他們兩個住客，老闆是位老人。

他大概是來躲靜的，她何嘗不是。有的人在人群中如魚得水，即便心是冷的，也有一副熱面孔——他顯然相反，離開人群，上了小島，看上去自在許多。通往民宿的路兩邊是齊腰高的長草，小柔跟在他後面，她的袋子他提著，他偶爾回頭，好像是看她是不是還在，順手幫她拂開長草，臉上冷漠的面具終於剝落，可還是一派茫然，而且寡言——這樣的人怎麼當明星——她這樣想。

躲靜好像也躲不了，兩人彷彿有了相互關照的義務，即便沒有聊天的心情，坐卻得坐在一起。黃昏時候，他們坐在室外夕陽的餘暉裡，周圍長草萋萋，海風從頭頂吹過。他躺在木椅上，她看了會兒書，直到光線太暗，看不下去了。兩人都沒有說話的興致，氣氛雖然還算和諧，但是畢竟有些鈍鈍的，像到了世界的盡頭，徘徊看不見轉彎的可能，便只好停頓在那兒了。老闆端著兩杯熱巧克力出來，開了取暖的煤氣燈，也坐下來。

老闆一眼看出他們之間的生分，問，你們不是一起的？——他們不約而同點頭，卻不開口，老闆不介意，誠心逗他們說話，再問，是中國人？從倫敦來？在念書？在工作？怎麼這個時候來這島上？旅遊的人都走了……小柔用一張毯子將自己裹緊，似乎因此可以拉開自己與這個世界的距離；他則用一樣的表情看著老人。

他們都沒有聊天的心情，老人卻不放棄，視線在他們之間逡巡，突然再問，你們是中國人？讓我給你們看樣東西。

老人進屋良久，出來時候帶本薄薄的舊書遞過來。他坐起來，與她一起湊近，藉著煤氣燈的火光細看——原來是本英文繪本——*The Magic Scissor*——主角是個梳長辮子的中國小男孩——書有些年分了，書頁已經泛黃。小柔翻了翻，不知道老人的意圖，抬頭與他四目相對，他也搖了搖頭。老人慢悠悠先去泡了一大壺茶，自己倒了滿滿一杯，加了幾大勺糖，才說，這本書是四零年代初，在英國印刷的，目的是為了支持中國戰區對法西斯的戰役，替中國人募捐迎戰。

小柔手裡還拿著那本書，低頭再看那畫頁上色彩明麗的場景和人物，道，二戰時候的書？您留了那麼久，這算是古董了。

老人嘆口氣，說，書不是我的。

他難得開口，問，那屬於誰？

老人看他一眼，清咳數聲，意味深長道，讓我慢慢告訴你們——戰爭時候，這裡被德國人占領。英國覺得根息島不具備戰略意義，沒有死守必要，便提議撤退居民去本土大陸，走了三分之二的人，我是留下來的少數。

占領期間有紅十字會的船來過島上，這本書是船上一個美國人帶來的——他一定是情報人員，來了便沒有跟紅十字會的船離開返回英倫，而是改等另一班船去歐洲大陸——中間等船的那段時間他一直住在我們家中，為了要避開德國人的眼線，足不出戶……我對他好奇，他也願意回答我提出的各種問題，從行李中拿出這本書讓我先讀，他說書是要帶去給一個中國小男孩看的。——我問他，那小男孩在中國？他搖頭說是在維也納，這本書是給他的禮物。——我很驚奇，問他中國人為什麼會在維也納。他說，因為他的媽媽在維也納啊。然後便不肯再多說一句了。可是，他走的時候，匆匆忙忙，卻將書遺漏在我家。那時是一九四三年，諾曼第登陸是在一九四四年六月。

他在諾曼第戰役之後又來過一次，這次隨紅十字會的船從歐洲大陸過來，要回英國。那條船叫 VEGA，那一趟航行及時救了島上許多人的性命——盟軍在諾曼第登陸，沒想到因此切斷了原本德軍控制的根息島與歐陸的補給通道，當時根息島食物短缺已經到了生死邊緣，所幸 VEGA 及時帶來物資。之後，VEGA 在大西洋上來回多次，等那個美國人再隨船來到島上的時候，戰爭已經完全結束了。

作為戰勝的一方，大家當然全都興高采烈。他又來到我們家，我將細心保存的圖書小心翼翼取出來還給他，他卻說讓我留著吧——因為那個男孩子已經不在了……我記得自己脫口而出問他，那他媽媽呢？該有多傷心。——那個美國人是這樣回答的，是的。她非常非常傷心——很不幸，活下來的人，往往要面對比死亡更為巨大的絕望和悲痛……但是，戰爭都結束了，再傷心，也要好好活下去……記得我還問他，她還在維也納嗎。那個美國人說，戰爭結束了，路途通了，自然是要回中國去了——日子還長著呢。孩子，日子還長著呢。

老人說到這裡，長長嘆口氣。小柔啊了一聲，看看自己的同伴，那大男生怔怔想了一會兒，也長長嘆了口氣。老人看他們一眼，再仰頭看天，朝風吹的方向遠眺，反覆在側耳傾聽遠處海浪的聲音。接著，老人自然而然地問，怎麼？碰見什麼不順心的事了？是跟愛人不合？還是哪裡碰到了障礙？可是，孩子們，日子還長著呢，再傷心，也還是要走下去，戰爭那種事都不能將人打敗，最不值是被自己打敗……

他說完，就進屋去了，留下他們兩人在外面。他們在外面坐了很久，各自想著心事，也許是想流年，想往事。他忽然問她，是失戀嗎？

她一怔，沒有回答，他卻淡淡說道，我的問題多了，但是如果不能創作，我就完了，那就無論如何走不下去了……

你可以的。她打斷他說。

嗯？

心是暖的就可以。話出口，她有些不好意思，覺得太像陳腔濫調。

他沉默片刻，嗡聲說謝謝。

她的心情突然好了一點。

第二天他們同遊小島；第三天回到大島，再坐渡輪回到了英倫大陸叫做普爾的港口。他借她的手機打了一通電話，簡單地對那邊說，回來了。

然後，他們在港口分手，像所有萍水相逢的人一樣，絕不拖泥帶水。

他應該是回倫敦繼續錄歌了，她則回到原先的生活軌道。

半年之後，她看到他發布新曲的消息，那歌好像很紅，像風一樣橫掃過華語歌壇，她也聽了許多遍。

其實，那一次去根息，的確是因為她失戀。回來之後，便把過去放在身後了——生活中，有的做得到，有的則未必，盡量吧。

馬爾他

二零一七年的時候，小曼去了一趟馬爾他。她本來只想在西西里逛一逛，然而在波扎洛的時候有人跟她兜售去馬爾他的輪船套票，她便想起一九九七那一年，她遇見過一個馬爾他人。那年她大學二年級，暑假時候在賓夕法尼亞州一家電子公司作暑期實習，實習的同事中有一位是馬爾他人。那一年正碰上香港回歸，實習生中還有印尼籍和越南籍的華裔，碰上這樣的大事自然討論得熱鬧，只有馬爾他人一味微笑著，專心工作一言不發。少年人氣盛，故意要追問他的看法，馬爾他人好脾氣地答非所問道，大國有大事，馬爾他是小國……

他說得這樣謙虛，眾人當真就忽略他的意見，繼續管自己討論，只有小曼問他，馬爾他有多小？

他誠實回答說，很小。

如今沒想到居然離馬爾他這麼近，小曼一時興起便打算坐船過海到瓦萊塔，正好看看這個地中海上的島國到底有多小。

渡輪上乘客很少，小曼找了一本旅遊書惡補知識，方始了解歷史。先是腓尼基人在這裡定居，歷史自公元前十世紀左右開始；然後所有歐洲強盛的帝國接踵而來，全都將足跡延伸至這地中海上的小小「心臟」——希臘人、迦太基、羅馬人、拜占庭、阿拉伯人、拿破崙、英國人，來了又都走了，而馬爾他終於在一九六零年代成為獨立的共和國。

航程短而寂寞，小曼恍然大悟從歷史中醒來的時候，發現已經到了目的地，撲面而來的是大片蜜糖色的古老城池，端然坐在碧海之上——輪船進港的時候，看兩岸古老建築莊嚴華美，上千年貿易成果的積累，看上去頗有可驚嘆之處。穿越悠長歷史，過去的繁華定格樓宇之間，於是這個小國一晃變作了旅遊勝地。小曼以旅行者的姿態在城中穿街走巷，按圖索驥，發現這小小方寸之地居然是許多電影的取景地。她興致勃勃，好像要證明什麼，但是如同任何一場異地的旅行，走著走著，總覺得走在不相干的故事裡。

城不大，無論朝向哪個方向，總能走到水邊。小曼漸漸疲倦，忘記自己的目的地，也分不清方向。時近黃昏，有輛馬車駛近，在小曼近旁停下。年輕的馬車夫原本是要兜攬生意，但得知她迷了路後，卻笑著說，也罷，反正我要下班，剛好往城中心方向走，算我做好事，捎妳一程。

小曼便縱身跳上馬車，如同童話中想要趕赴奇妙幻境的公主。

沿途，年輕人指點著標誌性的建築同她講解，當然沒有錯過二戰紀念碑。

小曼好奇問道，二戰時候，馬爾他難道也是戰場的一部分？

年輕人一面趕著馬車，一面側身跟她說話，道，怎麼不是？馬爾他在北非的補給線上，邱吉爾一早就表示要不計一切代價守住這個位置。我祖父就參與過防禦戰事，他是機場地勤人員——那時德軍封鎖包圍了馬爾他，美軍的航空母艦停在封鎖線之外，戰鬥機突破封鎖線飛過來正好耗盡機油。那一次，真是驚險，雙方知己知彼，德軍知道有批飛機即將運抵，所以專等著飛機耗完原油降落，緊接著發動轟炸戰事；而我們這邊也已經準備就緒，專等著飛機降落，即刻加油升空迎戰。那一次，他們創造了奇蹟，每一架飛機降落，加油，再升空只花了短短六分鐘時間，最終扭轉了險局……

小曼打量他的表情，心中有不祥預感，追問道，那你祖父呢？

年輕人看了她一眼，視線落在遠處，語氣波瀾不驚說，我祖父被彈片擊中——後來，沒有能夠搶救過來。那時，我父親剛出生……

小曼啊了一聲。

馬車篤篤往前，年輕人指給她看路過的二戰紀念碑，然後轉過身去，輕輕道，這一切真不可思議——我祖母是護士，醫院裡同時搶救的還有一個美國飛行員，受了重傷，不過他被救了回來，只是傷勢剛剛有些起色，他便設法離開，要回到歐陸淪陷區去——傷沒全好就走了……祖母說，當時支持她活下去的唯一希望就是對勝利的憧憬，和所有戰鬥著的人們的不屈不撓。

小曼嗯了一聲，聽著馬蹄在石路上行走的聲音，覺得保持沉默彷彿是保持某種敬意的方式。她只在馬爾他待了一天，就回到了西西里，然後經過羅馬回到這兩年工作居住的香港。這個夏天，香港多雨，天氣與南歐的炎熱乾燥迥異——重回現代都市生活的秩序，小曼回想旅途種種，那年輕人說的故事印象最深。歷史如車輪滾過，結果，誰也不能躲在歷史之外，世上原本沒有小歷史。

柯尼斯堡

利蓮去艾達家做功課，想起在學校上數學課時，老師提到的一條趣味題——德國小鎮柯尼斯堡有七座橋，連接起兩座島及兩岸，一共四塊陸地。問題是要解決到底能不能只通過每座橋一次而能走遍所有陸地。這道題在十八世紀已經有解，數學課上被當作故事提起。曾經的難題一旦被攻破，其中道理深入淺出娓娓道來，連初中生也能夠明白。艾達是德國人，利蓮便問她，柯尼斯堡在德國哪裡？

艾達搖頭茫然不知，然後抬高聲音叫爺爺，她對利蓮說，剛好爺爺在這裡，他一定知道，他是土生土長的德國人。

言下之意，承認自己無法回答這個問題。艾達從小隨父母駐公司不同的海外辦公室，前些年搬到香港，轉到利蓮所在的國際學校。國際學校的孩子都一樣，一方面見多識廣，另一方面卻又錯過了對某些基本常識的了解，不過利蓮的這個問題又不是一般的常識。

艾達的爺爺聽到聲音走到客廳來，待聽清了問題，一呆，說，柯尼斯堡？現在名字不一樣了，叫做加里寧格勒，是俄羅斯加里寧格勒州的首府。

艾達聽了覺得奇怪，問，怎麼換成了俄國名字，變成了俄國的城市？

艾達爺爺說，歷史說起來就複雜了。原本那兒隸屬東普魯士，二戰前，是德國的外飛地。二戰結束，德國戰敗，柯尼斯堡就被劃歸蘇聯，換了名字。

艾達的媽媽這時剛好回來，聽到他們對話，便說，爺爺不是在柯尼斯堡住過嗎？

艾達爺爺說，不錯，我小時候就住在那個城市，那時候的東普魯士的確有許多德國居民。

利蓮和艾達一聽，便興奮地追問道，那您豈不是走過那七座橋？

艾達的爺爺卻搖頭說，我沒有關於橋的記憶，關於柯尼斯堡，我印象中除了戰爭，還是戰爭。

利蓮和艾達面面相覷，對於她們來說，戰爭是書本上記錄的編年史，從沒想到那會是親身經歷的事件。

利蓮問，是什麼戰爭？

老人說，是二戰。戰爭結束的時候，我只有八歲。戰況慘烈，任何戰爭對平民來說都是一場地獄——戰爭期間，東普魯士的德國人一直處在帝國必勝的幻象中，直到蘇聯軍隊兵臨城下，平民才猛然醒悟，想要開始大規模撤離，但是冰雪封路，為時已晚，蘇聯人以戰勝者的姿態出現，將自己在衛國戰爭中的犧牲都清清楚楚記在賬上，因此放縱自己的士兵對德國平民展開殘酷報復，下手毫不留情……

老人看了看兩個女孩子，改變主意，打算略過所有細節，簡單地說，我能夠活下來，值得慶幸。我是一直到十二歲才回到德國的，先到東德……有許多德國人進了勞改營，再也沒有回來。妳們看，替戰爭付出代價的始終是平民……

兩個女孩的表情變得嚴肅，顯得正襟危坐，小心翼翼地呼吸，好像不知道如何面對這樣的事實。老人笑一笑，想讓兩個女孩子覺得輕鬆一點，於是問利蓮，道，妳是中國人？

利蓮點頭。

老人便說，我在柯尼斯堡的時候，還遇見過中國人了。

嗯？利蓮好奇，問，難道那裡還有參戰的中國士兵？

老人搖頭說，她不是士兵。

是她——不是他？艾達聽爺爺用的的稱謂，還以為他說錯了。沒錯。老人說，是個女孩子，穿著蘇軍的制服，他們說她是個記者。那時我們這些可疑的德裔全被收押，當中有不少是我這樣的孩子，我們一無所有……被驅趕著從一處關押點走向下一間牢獄，天寒地凍也沒有足夠禦寒的衣物……我摔倒了，有個蘇聯士兵上前狠狠踢了我一腳，是她走過來把我拉起來，並且把她脖子上的圍巾給了我。大概因為她是隨軍的記者，所以那個蘇聯士兵也沒有再為難我。這是那幾年中，我遭遇到的少數溫暖好意。

艾達這時說，爺爺，你從來沒有跟我提起過這些事。

艾達的爺爺像出了神，過了好久才道，這樣的不幸，誰不想忘記呢……後來，回到了德國。我想，就讓那些歷史變作歷史吧，那些關於戰爭的血腥回憶放在心裡又有什麼好處？再後來，我也長大了，有了自己的孩子，離開過去，就更加遙遠了。

艾達問，爺爺，為什麼會有這樣的戰爭？

老人嘆口氣，說，那時候，他們告訴我們這些孩子，一切都是為了榮耀。

馬爾代夫

小悠搬到香港才認識本地著名的卡通人物麥兜，同時發現度假可以選擇馬爾代夫——那時，正逢同事整裝待發，充滿嚮往，朗朗重複小豬麥兜的名句：我想要去馬爾代夫，藍天白雲，椰林樹影，水清沙白……——原來麥兜是一隻粉紅色的卡通小豬，去馬爾代夫是他畢生最大的心願。

小悠真的踏足馬爾代夫卻是在幾年之後，世界之大，除了海水和沙灘她有太多別的夢想之地，跟這城市許多人一樣，滿世界咫尺之遙唯嫌時間不夠。後來終於去馬爾代夫卻是一時興起——做完一個跨國併購大項目，彷彿用盡了畢生精力，實在太累了。同組四個女生分屬不同公司，要犒勞自己，也不捨得就此分手，就一起到了印度洋的小島上。

因為飛機延誤，她們深夜才抵達首都馬累，又轉水上飛機飛到她平生到過的最小機場，然後一乘快艇在黑夜中穿過無垠水面將她們接上了小島——一切旅途勞頓都很值得，因為早起之時，小悠從建在水上的屋子看出去，望見印度洋海水深淺不同之藍，波瀾不驚，美麗景色無法用語言形容，只覺得水平線在極遠處延伸，世界是這樣遼闊，只要她願意，原本的生活和一切雜念便都可以永遠擱置在那水天一線的遠方了。

位於赤道附近的小島原本被熱帶叢林覆蓋，熱辣辣的風景已經接近人們對天堂的想像，不過那不夠，人們再接再厲不遺餘力打造出物質生活的典範，小悠她們在這裡，心安理得安享其成——她們這代已經習慣合作分工，各司其職——工作時她們盡職服務，然後生活需要服務於她們。現代酒店行業深諳其道，每間別墅配置管家，把吃喝玩樂全部安置得妥妥貼貼，唯一不過問的是客人何所思何所想。

據說，百年之內，馬爾代夫眾島都會因為海洋水平面的上升而消失——那麼，這裡簡直是末日天堂，所有一切繁華都將是過眼雲煙，虛幻而不真實。水廣人稀，在這兒，一座島便是一間度假村，員工和客人來來去去，來自世界各地，那麼當地人呢？他們在哪裡，怎麼想？——數日之後，她們終於百無聊賴，把這個略微深奧的問題拋給了管家墨。

其實小悠她們頗有誠意，最後一日盛情邀請管家墨共餐，既表達連日來的謝意，又可以閒聊助興。管家墨永遠穿白色，那是島上的制服。他坐長桌上首，女孩子們笑嘻嘻坐兩側。燭光下的義大利餐——室內燈光搖曳，觥籌交錯；室外有機菜園蔬果累累，芫荽香草的味道隨風飄在她們四周。管家墨的回答非常政治性正確，始終抱著遊客至上的格調，不對現代資本運作評頭論足。小悠覺得他的回答有些乏味，不過也不算是大問題，這個假期本來就不是為了尋找人生的真諦——不過是隨興問，隨便答而已。

大家有禮而客套，公認管家墨天生是酒店管理人才，小悠隨口問他，這一行在馬爾代夫應該算是新興行業？

管家墨卻笑了，神情超然，道，也對，也不對，其實，我祖父早在四零年代就從事服務業了，行業倒不算太新鮮。

四個女孩子睜大眼睛，小悠說，哪有可能。四零年代正是戰爭時期，這裡也是戰場的一部分？服務業可要向誰服務？

管家墨說，正是服務於軍方。

女孩子們啊一聲，聽他說下去。管家墨說道，四零年代英國皇家海軍和空軍在附近阿杜堡礁建立了祕密軍事基地，為防範日軍攻陷新加坡作準備，在印度洋找到這一塊可進可退的立足點，刻意避開日軍耳目。軍隊服役的是英國人，建設與支持運作的卻有許多本地人。我祖父曾經在基地服務。那兒是馬爾代夫最南端的一組群島，環礁對內部港灣形成天然屏障。

原來如此。小悠感嘆。

管家墨接著道，太平洋戰爭初期，日軍為了集中戰力對付美國的太平洋艦隊，先對印度洋上的盟軍艦隊和基地進行空襲，企圖搶先切斷印度洋的支援，印度洋從南到北都被捲入戰火——看今天這裡的風景真是難以想像當年烽火連天。

那基地還在嗎？

管家墨笑一笑，說，甘島上以前的英軍基地，現在成了一個度假村。不過，四零年代後，附近來來去去的軍艦也沒有真的斷過。所謂的戰略部署一直是存在的吧，不同的國家有不同的態度和能力……總之，重要的是現在這裡是以旅遊天堂、而不是軍事重地著稱。

大家點頭附和，沒有想到風輕雲淡地居然聊到了這樣的話題，頓一頓，小悠還是好奇問道，不知四零年代的基地是什麼樣的，也像世外桃源？

管家墨笑說，不要誤會，千萬不能按照現在的標準來想像過去。我爺爺說基地生活條件頗為艱難，是當時英國現役軍官都想迴避的服役地點，誰也沒有閒情逸致——倒也有例外，……戰爭結束之後，來了兩個美國人，目的地是上海，不知道為什麼中轉到了這邊，等飛機來接他們去菲律賓，要從那邊再北上。爺爺說他們應該隸屬情報部門，對周邊環境有異乎尋常的興趣，要求巡遊附近當地人居住的島嶼……但爺爺卻覺得那是為了配合美軍在東南亞布局，對地區部署作的先行調查，只是美軍來馬爾代夫設基地卻是很久之後的事了——那時盟軍勝利，他做導遊心甘情願，也希望看到盟軍在這一帶出沒的身影。現在，世界格局又已經不同……

說到這裡，管家墨不再說下去，只是笑一笑。所有關於戰爭的話題便就此沉澱了——如此風景，不適合裝盛那樣沉重的話題——島上數日，說到底不過是為了怡情而已。再開口時，話題又換成了吃喝玩樂。

第二天，她們離開馬爾代夫回到香港。小悠躺在自己床上，忽然心中一動，用手機找出麥兜去馬爾代夫的動畫片看，哪裡知道動畫片中的麥兜卻並沒有真的去馬爾代夫。

單親媽媽麥太帶著麥兜坐太平山纜車到的是海洋公園，借景借物，努力營造出小麥兜心目中的天堂……小悠迷迷糊糊睡著了，以為自己會做夢，只有夢裡的天堂比較真實。

然而，一夜無夢。清早醒來，新的一天。城市一如既往，高樓林立，車水馬龍，馬爾代夫的故事好遙遠。

延安

那是一九四六年——老人用就事論事的口氣這樣說，我們到延安的時候是三月四日，那是一個歷史性的時刻。

傑瑞一直專心聽著老人說話，這時算了算年頭，忍不住插嘴說，那不剛好是六十年前？

老人哦了一聲，說，今年已經是二零零六了？那對的，剛剛好六十年。

傑瑞看老人一眼，老人分了神。傑瑞不急，他對延安這個名稱覺得陌生，於是在老人略微停頓的片刻，掏出手機，在網上鍵入延安，快速地瀏覽了維基百科上的解釋，原來延安在一九四六年的時候的確處在頗具戰略意義的位置，那時二戰剛剛結束，中國處於內戰的邊緣，南京有一個政府，另一邊就是被稱作紅都的延安。

傑瑞是中學生，為了學校的功課，正在作一篇論文，寫的是二戰後的世界格局，標題太大，他還沒開始寫，就已經覺得力不從心，他父母的朋友聽說，便介紹他跟一位老人聊一聊，說那老人是退伍軍人，二戰曾在亞洲服役，參與過戰後調停。老人住在加利福尼亞灣區的山間，自己有一個馬場。他們先通了電話，老人在電話裡應承了他的請求，並且邀請他住一晚。傑瑞在週末拜訪，其實馬場離鬧市不遠，只不過山路頗有些崎嶇，開出不遠，風景便已經不同，山巒不高，但連綿起伏，一眼望去，彷彿置身在一個廣闊的世界。那夜偏偏風雨交加，疾風驟雨更是充滿了留客的意味，他們吃了簡單的義大利麵之後，便坐在一個舊壁爐前，正是聊天的好時候。

老人似乎對風雨充耳不聞，沉浸在往事之中，只是想了好一會兒，才開口道，我們到延安的那天晴空萬里，儀仗隊在機場迎接，每個人都充滿了熱情，笑容燦爛，整個場景就跟宣傳畫上一樣。我們從沒有到過那樣的地方，生活條件與城市迥然相異，可是每個人彷彿都充滿了想要改變這個世界的熱情。

老人繼續說，我們是坐專機抵達的，我是馬歇爾將軍的一名隨員，他作為杜魯門總統的特使，去中國的目的是調處國共間的矛盾。那一趟延安之行結束，國共間的談判也正式開始了，只可惜最後內戰沒有能夠避免。

這段歷史傑瑞了解，於是接口說，您在那時候有沒有看出一些端倪。

老人看他一眼，沉默片刻，說，如果我現在告訴你有，那也不過是事後的揣測。那時候，我不過是一名低階隨員，負責接待一名隨行的情報官員，並不參與重要的會議。

傑瑞好奇道，有情報人員隨行？他的身分是公開的？

老人笑著說，那當然不會，我也是事後才知道他的身分。他從歐洲過來，之後還要回歐洲去，不知道走延安這一趟為的是什麼。我們在延安的時間不過兩三天，他似乎刻意想找不同的人了解情況，但是能講英文的人不多，雖然聽說有位重要領導人的兒子留學過蘇聯，學過英文，但是偏偏人不在延安。我與他踩著黃土地到處走，看人，也看風景，可是要找人說話並不容易；不過，那一邊馬歇爾將軍已經得出結論，認為延安的人追求的應該是美國式的自由民主。

傑瑞問，後來呢？

老人笑著說，後來的結局，你不是已經知道了？可當時什麼也還沒發生，會面的氣氛很好，我們還看了演出，大家都以為後來的戰爭可能避免，對和平深信不疑，有美好願望的時候所有人就像被光芒籠罩著——後來，我想，這可能只是我個人的錯覺而已。

這時外頭風雨更急，老人有些疲倦，說剩下的可以留待明日再講。

第二天一早，傑瑞被電話吵醒，他在客房聽到老人驚呼，趕緊出來探視，結果老人見了他，招手說，正好，你跟我來，我們要去將馬牽回來。

原來昨夜暴雨沖垮了馬廄的欄杆，老人馬場中三十幾匹馬全都沿山路跑到了山下超市，這個時候，正在露天倉庫開懷大嚼瓜果鮮花，已經逍遙自在了一整個早上。

此時，天氣已經轉晴，馬場的員工全部出動，傑瑞也很樂意幫忙，結果花了一整天才讓那許多馬歸隊，過程頗為辛苦，卻充滿了意外的樂趣。傑瑞也因此錯過了與老人繼續深談的機會。

到了告別時候，下午六點左右，加州的陽光熱辣逼人，老人送他離開。上車前，他與老人並排而立，環視山間風景，忽然感嘆，道，一點風雨的痕跡也沒有了，這一天也完全結束了，明日又是新的一天……

往事自然也更遙遠了。

南京

小令最好的朋友蕭蕭是南京人，她們都在杭州出生長大。初中畢業的時候，小令要跟隨父母移民美國，兩人依依不捨。那個夏天，小令天天到蕭蕭家盤桓。夏季炎熱，蟬聲連綿，她們有說不完的話，但想到分別在即，心情煩惱。

蕭蕭一家與祖父母同住，父母白天不在家，就由兩位老人照應著兩個孩子。蕭蕭的祖父一早都會出去遛鳥，回來的時候路過農貿市場，就順便帶一兩樣時鮮小菜回家——一手托著鳥籠，一手提著個小袋子，慢悠悠踱步回來，看上去隨意瀟灑。那日進門，見兩個女孩鼓著嘴對著風扇坐在一起，悶聲不說話，頭髮被吹得到處飛揚，臉定格在那畫面之中，看上去分外惆悵。祖父一見之下，怔了怔，隨即呵呵笑了，說小小年紀看上去這麼傷感做什麼？來，要不，今天我下廚，做幾個清淡的小菜給妳們吃。然後掛了鳥籠，轉身就進了廚房。

鳥在陽臺上啾啾叫著，在纏綿不斷的蟬鳴中顯得分外婉轉。小令奇道，妳爺爺會煮菜？

蕭蕭說，可不是，他過去在南京是一家有名的餐館大廚，做清真菜的——他最擅長做素菜——那家館子在民國時很受歡迎，聽他說，他做廚師時還見過蔣介石和宋美齡。

那日午飯的菜看上去很家常，一款素什錦小令認得，一盤紅燒獅子頭也頗誘人。小令嚐一顆，見大家都朝她笑，才醒覺原來那是素的，竟沒分辨出來——雖然天熱，但絲毫不覺油膩，小令於是胃口大好，又開始有說有笑。

爺爺得意地說，這就對了，小孩子要開心點，不要整日愁眉苦臉的。

小令和蕭蕭彼此看一看，同聲同氣說，爺爺，您不知道，我們就要分開了，以後不知道什麼時候再見面，難道不應該覺得沮喪？

老人道，說得是不錯。但人生難免分分合合，有緣分，總是會再見的。

蕭蕭恃寵而強詞奪理道，這怎麼說得準，你自己不也常抱怨人生無常，許多老朋友都失去了聯繫。

爺爺一怔，嘆口氣，道，不一樣。我年輕那會兒，盡是戰亂，打不完的仗，什麼也說不準。妳們怎麼好跟我們那時比？他想一想，笑了，道，見多見少未必代表交情深淺。從前，我在南京一家有名的館子做事，見的人倒是多。那地方人來人往，有的人隔三岔五地來，有時竟是天天見，卻根本也談不上交情。但有的人十多年才來一次，見到了，這相逢一笑，才是叫人記得住的。這亂世裡面，能好好活下來，都算是幸事，相隔十年見一次也是緣分。

小令嚐一嚐素什錦，覺得又比獅子頭更為可口，這時問，您跟誰十年才見一面，那麼誇張？

爺爺點頭道，是的，可以說是奇遇。一九四六年抗戰勝利，我已經做到大廚的位置，有個國民黨的官員宴客點名要我做菜，我去雅間打招呼，原來他請的是一對年輕夫婦，那位先生看著眼熟。我才出了那房間，下了樓梯，那位先生也走了出來，叫住我——你道他是誰，原來真是熟人，在十多年前見過一面——當時，我是個小學徒，有人點了餐館的飯菜到會，由我送去，結果匆匆忙忙在飯店外頭跟他撞在一起，灑了一地——本來也不是他的錯，他倒要賠錢——那一頓飯菜，尋常人家好幾天的開銷，我可也實在賠不起——後來，重新做了飯菜送出去，在門口又碰見他，他說反正是等著，乾脆跟我走一趟。一路上閒扯，他問我南京為什麼有那麼多清真菜。我就跟他講明朝開國回族將領幫朱元璋打天下，建都南京的歷史。他說話帶西北口音，原來是從那邊來的——他是個副官，他的長官在裡邊跟人吃飯。我問他怎麼不一起吃，他笑著說吃過幾頓了，這天他長官與人聊要事，他得迴避。後來，他們走的時候，我看見他的長官，也很年輕，跟他一般的歲數，看上去二十都不到……一晃十來年，抗戰結束了，他也不可同日而語，不單成家立業，還是個人物了，倒還記得我。我們聊了一會兒，最後他卻叮囑我說，若有人問起，就只說一句——以前他到綠柳居吃飯見過，別的都別提。我立刻會意……我來時有聽說請他們吃飯的是國民黨軍統的人，就是那個特務機關嘛——事後，果然有人來問我——他信得過我，我也沒讓他失望。

蕭蕭聽了一會兒，突然撒嬌說，這跟我們有什麼關係？難不成你要我們十年才再見一面？

老人像被問住了，想一想，才笑答，倒不是。我的意思是，萍水相逢，也能留住那麼一些情誼，何況是妳們，不用擔心的，緣分神奇著呢。

對於小令和蕭蕭來說，這話後來果真沒有錯。

杭州

托馬斯與梳瞳剛開始約會的時候告訴她，他祖父去過中國。梳瞳哦了一聲，沒有太在意，她以為他說的是這幾年的事，再早也不過是八零年代——揹著拍立得相機的美國人，穿著顏色鮮豔的恤衫，自旅遊車裡魚貫而下，咔嚓咔嚓拍一疊照片，送給小孩子，逗他們開心，自己更高興，滿懷天真的聖誕老人心態。

梳瞳與托馬斯都是律師，任職於美國事務所，被派駐香港，由於工作相識，約會了兩三年，但是兩人鎮日出差，大半時間在空中飛行中渡過，聚少離多——時間那麼珍貴，哪有空說他祖父的事，所以他提起的話，起了頭，沒尾巴，像掉在水池裡的石頭，一下就沉沒被忽略了。

直到某天，托馬斯突然提起他祖父路經香港，千萬要擠出時間來見一面。於是週日中午，他們約在文華酒店的中餐廳見面。梳瞳到的時候，托馬斯與老人已經入座，先點了點心。梳瞳連聲說抱歉，因為手上的項目出了點狀況。托馬斯等她坐下，就跟老人說，她小時候是在杭州長大的——你不是要去杭州嗎？

哦？梳瞳說，我週一正好要飛杭州。

老人心情很好地說，那麼巧？我下午就出發……上次在杭州，是七十年前的事了。

梳瞳有些吃驚，腦子裡飛快地算算數，計算那是哪一年，筷子噹一聲敲在盤子上。托馬斯提起茶壺，幫她把茶杯注滿，閒閒說，我沒跟妳說過？我祖父以前是飛虎隊的。

梳瞳肅然起敬，她知道飛虎隊是二戰時在中國戰場與中國軍隊並肩作戰的美國空軍。她責怪托馬斯道，你怎麼從未提過，太不應該！然後誠心誠意跟老人說，下週我在杭州請您吃飯。

托馬斯覺得冤枉，解釋道，今年中國紀念抗戰勝利七十週年，祖父剛去了昆明參加活動——戰時，他們的基地其實在西南，不過戰後，他們的確在杭州的空軍基地也待過一陣子……

一頓午餐，言談甚歡，不免說到杭州風土人情，老人道，那時，走到街上去，碰見誰，都對我們很友好，賣小吃的小販還會塞東西給我們吃。我吃到過一種用麵皮包的點心，裡面有蔥，還有別的油炸餡料，蘸了甜甜的麵醬吃，一直沒有忘記。

梳瞳哈一聲，說，我知道那是什麼。我帶你去吃。

托馬斯說，那就交給妳了。我下週要去新加坡。

結果，數日之後，梳瞳果真在杭州凱悅酒店的中餐館請老人吃飯，先點了蔥包檜兒。老人駭異，說，現在要在這麼豪華的地方吃這種東西了？記得以前就在街邊，小販點一個爐子，就只用一塊鐵板……

梳瞳只是笑，問他味道對不對。老人說好吃，問她到底是什麼做的。她說，是春餅裹了油條和蔥，然後用鐵板壓扁了再烤，吃的時候蘸甜麵醬。

飯後，梳瞳陪老人走出酒店，面前就是西湖。大型的湖上噴泉正隨著音樂高潮迭起。他們沿湖而行，邊走邊聊，老人說，想不到整個中國變化這樣大。那時太平洋戰爭結束，我們正要離開，都說中國內戰無法避免。誰想到後頭的結局是這樣，那時在美國，華盛頓的政客也一直爭論不休，互相追究責任，苦苦追問到底是誰的錯，讓美國失掉了中國，把中國輸給另一個陣營了。

梳瞳笑說，不能這麼講。中國人自己的事，哪裡輪得到別人來設賭局講輸贏？——你們也不過是顧著自己的利益。他們都說是大多數人選擇了這樣的結果——當時，中國恐怕也沒有太多別的路可走，哪一條路都有代價。

老人一怔，笑一笑，他早已失去與人一爭長短的興趣，何況許多事實本來也不是黑白分明。這時，他們已經走到斷橋旁邊，一眼望去，湖面水平如鏡，一帶弧形拱橋姿態曼妙連結起湖岸和白堤。老人突然說，也有人跟妳說過差不多的話。

嗯？

老人指著斷橋，說，有一次搭船遊湖——這船的樣子到現在竟還沒變，也是這樣細細一彎，蕩漾在水波上——我們就是從這兒上岸的。同船有個年輕女子，英文說得相當流利，她說了什麼？讓我想想，意思跟妳說得很像——那樣的時局下，不管選擇什麼樣的方向，免不了都有代價……

這麼悲觀？一九四五年不是二戰結束，中國是勝利的一方？你們那時遊湖，不看風景，還盡聊時事？

不聊這些，聊什麼？老人說，時局讓人擔心呀。不過，記得她還問了好些關於飛行的細節，記得她問，如果墜機，從高空掉下來，會花多少時間，會不會覺得痛苦……看她神情，我猜想她也許有親近的人做過飛行員……戰爭真是件悲哀的事，勝利也要靠無數犧牲堆積。她有個同伴，一個中國小伙子，不怎麼說話，時時傷感地看著她。後來，她陷入沉思，大概在回憶，讓人覺得真是滿湖都是——哀傷……沒辦法，時代就是那樣。

呵。梳瞳回答，心中千迴百轉，卻不知說什麼好，回頭看看身後寶石山，遲疑問，當年，這山也是這樣？應該沒什麼變化吧？

老人回頭看看，突然詫異，道，這山，記憶中彷彿小得多。那時山上有幾座平房，也沒有那麼多樹。如果不是山頂這座塔，真的認不出來了。他仰頭凝視，遲遲不願收回目光。

梳瞳說，這塔，叫做保俶塔。

後來，他們往回走，老人忽然說，那些戰爭，據說都是為了避免戰爭……年輕人加入進來，血氣方剛，都以為自己頂天立地，拿著正義的盾牌，可是最後我們都失去了那麼多……戰爭一起，別的路就都斷了。

那一刻，周圍雲淡風輕，梳瞳覺得最幸福是可以遠離烽火。

EUROPEAN AND EURASIAN
Sept 2 1945
OFFICE OF STRATEGIC SERVICES
REPUBLIQUE FRANÇAISE
5c
POSTES
EXPOSITION INTERNATIONALE
DE GRENELLE
CENTRE REGION
Ile de France
Savoie
Dauphiné
Hautes Alpes
Pompiers
SUFFREN
Vivarais Forez
Roussillon
Porte
Languedoc
Lyonnais
Alsace
Champagne
Limousin
Périgord
Ain
Jura
Franche-Comté
Bourgogne
Picardie
Flandre
Artois
Côte d'Azur
Provence
Pyrénées
STON REGIONAL
Guyenne Gascogne
Corse
Bretagne
Vallée de la Loire
Normandie
Vedettes
Etats-Unis
Tchéco-Slovaquie
Suède
Gde Bretagne
Marine de Guerre
ÉTRANGÈRES
U.R.S.S.
STON TROCADÉRO
Passage souterrain
PONT D'IÉNA
Japon
RUE CHAR
Porte
Terre d'Israë
Allemagne
Egypte
Pologne
Hongrie
Luxembg.
TECHNIQUE

一九五零年代的異境

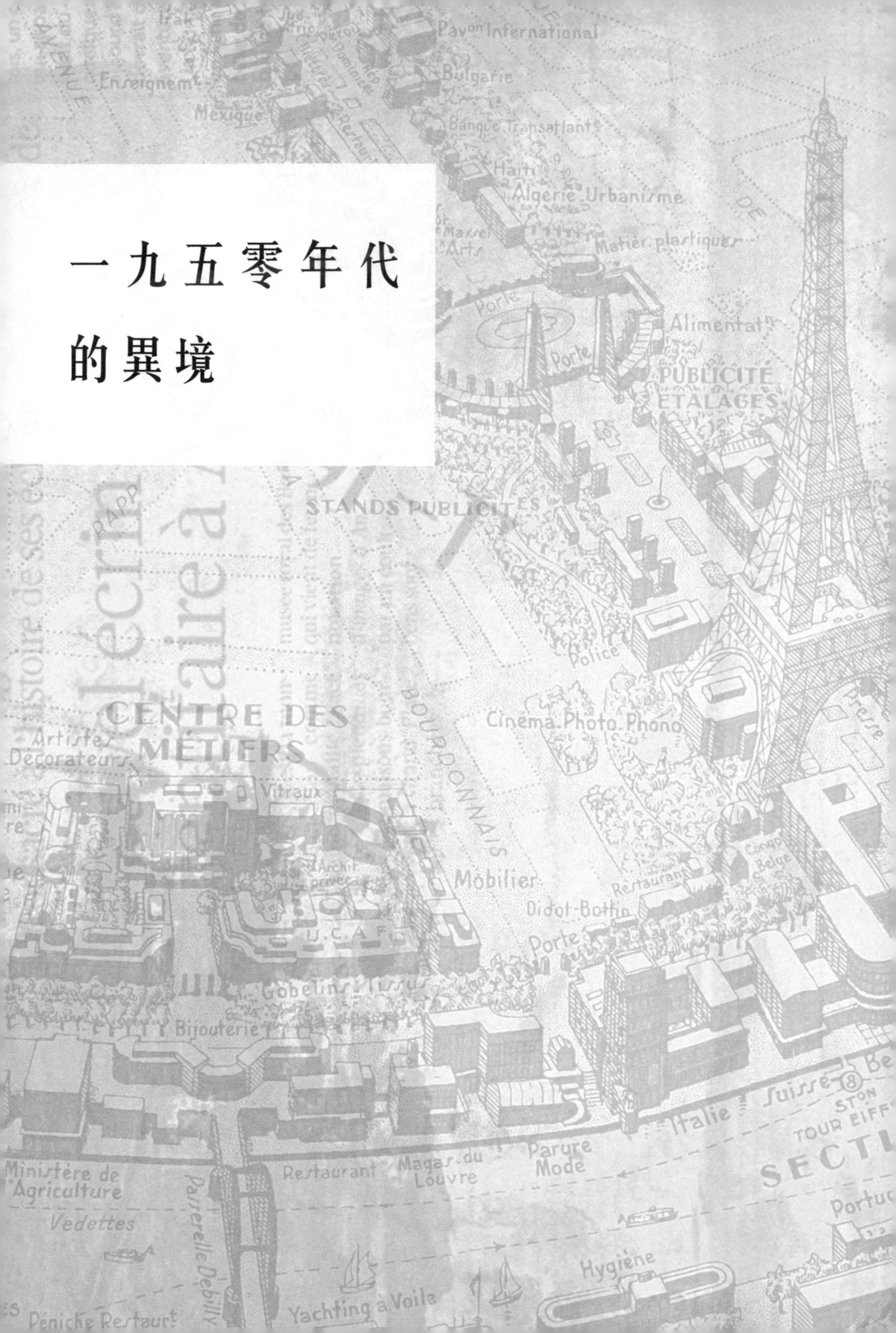

Pavon International
Bulgarie
Enseignemt
Mexique
Banque Transatlante
Haïti
Algérie Urbanisme
Métier plastiques
Porte
Alimentatn
PUBLICITÉ
ÉTALAGES
STANDS PUBLICIT
Police
CENTRE DES
MÉTIERS
BOURDONNAIS
Cinéma Photo Phono
Artistes
Décorateurs
Vitraux
Mobilier
Restaurant
Didot-Bottin
U.C.A.F.
Gobelins Tissus
Bijouterie
Italie
Suisse
TOUR EIFF
Parure
Mode
Ministère de
l'Agriculture
Restaurant
Magas. du
Louvre
SECT
Vedettes
Passerelle Debilly
Hygiène
Yachting à Voile
Péniche Restaur.

香港

小佑知道自己家以前開南北行，但那已是陳年往事。她爺爺後來轉行開工廠做玩具，並沒有太大雄心，滿足於小本生意，把幾個兒女送去留學，回到香港都做了專業人士，到小佑這一代也一樣。爺爺則早就功成退休。

家中有敬老傳統，到了週末，小輩輪流陪爺爺去茶樓飲茶，那日輪到她。她帶爺爺去陸羽茶室對面的新同樂，爺爺走進餐館前，駐足朝對面的老字號望了兩眼。小佑裝作沒看見——她喜歡新的餐館，乾淨堂皇，爺爺沒有說什麼。點茶的時候，爺爺頗挑剔，連問兩種都沒有，到第三種才點成。她想起前兩日有同事問她哪裡可以買到一種香香的茶，有個旖旎的名字——叫做鳳凰單叢黃枝香，於是開口向爺爺詢問。

爺爺聽了道，單叢是廣東潮安鳳凰山的茶，黃枝香有黃梔子的花香蜜韻，喝著不錯。

妳去文咸東街的老茶莊看看，那兒什麼茶都有。

小佑聽了便一拍手說，早該問您，辦公室裡的同事都說不出個所以然，大家都只知道普洱和鐵觀音。

你們年輕人上網查查，不是什麼都知道了？爺爺說。

小佑想可不是，嘿嘿笑笑——但是公事太忙，沒空研究這種小問題。她顧左言他，問，您喝過這茶？

爺爺說，這一向竟都在喝英國紅茶，單叢以前倒是喝得多——這以前，說的是開南北行的時候。他接著說，我們家的南北行也在文咸東街，隔壁就有家茶莊——南北行人來人往熱鬧，我嫌吵的時候就跑到隔壁茶莊坐著，跟著那些老人喝茶，才十幾歲，就已經嚐遍名茶，講起來也頭頭是道。

小佑笑著說，原來是怕吵，難怪後來南北行沒開下去。

她爺爺也笑了，說，這倒不是，開不下去是因為韓戰爆發，那幾年生意越來越難做，美國開始對中國禁運，香港變成美國遏止意識形態的前沿陣地。新聞也報導英國海軍天天在公海演習——這哪裡是能做貿易的樣子？但是，天無絕人之路，香港湧進來許多新移民，驟然勞力過剩，怎麼辦？索性大家都開工廠——只是南北行關門大吉，隔壁茶行的茶就喝不成了。

小佑以為爺爺對南北行毫無眷戀，但是聽他口氣，也不全然如此，他嘆口氣說，還是可惜的——我們家那南北行開了近百年，是我的爺爺手裡置鋪創業的。一開始，文咸街是新街道，完全靠填築海旁石灘而成，緊鄰海邊碼頭，經營雜貨土產最方便——但所謂沒有不散的宴席，後來市面起起落落，香港又不斷填海，文咸街也離碼頭越來越遠，失去了往日便利，好日子過去了——往年的熱鬧真讓人懷念，人來客往，街上什麼方言都聽得到，記得南洋客尤其多，進門是客，鋪子好像開著流水席，最重要讓人覺得賓至如歸，誰都說香港是個好地方，誰都愛來，來了都覺得好自在。

小佑想一想，道，南洋客？我記得小時候家裡也常常有南洋的客人……

對，就是他們。爺爺說，前些年這些老客人走動得還算勤，雖然不跟我們做生意了，但人情還在，只要路過，就順道來看看。這些年，卻是好久不見了。唔，人老了，跟不上變化，來來去去怕折騰，何況這城市也在變，讓人不習慣——老人們念舊，又不愛去逛商場買東西。

小佑吐舌頭，笑道，現在的商場跟以前的南北行當然不一樣。不過，上環不是還有好些賣南北貨的？——過幾天帶同事去買茶，順道逛逛。

逛逛可以。爺爺喝口新沏的普洱說，不過，哪一行都在變。這時，一籠籠點心正端上來，玉蘭帶子餃、梅菜皇扣肉包、特色鮑魚酥、酥皮馬蹄糕……爺爺問，叫了蔬菜沒有？

小佑連忙答，當然。

爺爺點頭，再喝口茶，說，現在這些中餐館的茶葉應該還是由那幾家老茶莊供應的，茶莊倒還是留下了幾家——妳應該去茶莊坐坐，找老闆聊聊，他們會泡茶給客人喝，帶妳朋友試試各種不同的茶，好茶很多，也不一定非要買哪一種。

小佑嗯一聲，隨口答道，茶葉生意想必比南北貨單純，那時候，怎麼沒想轉行做茶莊？茶葉不至於也被禁運？

單純？爺爺搖頭，說，看妳指什麼，做生意能不能單純，由不得自己，全靠運氣。他頓一頓，說，那時我們隔壁的茶莊就碰到過意想不到的麻煩事。

小佑哦了一聲。

爺爺說，那年月，即便坐在屋子裡足不出戶，麻煩也會自己找上門來。記得那時，我們鋪子正在結業清盤，我幫不上忙，得了許多空閒，正好長久在隔壁茶莊耗著。那茶莊叫康裕隆，少東家跟我差不多年紀，那日黃昏只有他留在鋪子裡。我跟他正閒聊著，來了一位年輕的太太，跟著一個小大姐，說要取一包東西，說是個外國人留在那兒的。天氣潮熱，那年輕太太卻披了件深色外套，不過她人長得漂亮，那外套披著也沒有讓人覺得臃腫或不合時宜。少東家喜歡美女，立刻殷勤招呼，拿起熱水要沖茶，一面說東西有，只消帶了憑據。那位太太沒有要喝茶的意思，示意小大姐把一張單子遞過來，那正是康裕隆的收據，但是那張紙卻可疑得很，只看得清一半，另一半竟似被血浸透了，而且血跡尚未乾透。那少東家與我面面相覷，不敢去接那紙條。那位年輕太太也沒有任何解釋的意思，但看那架勢，東西勢在必得。

少東家一直愣著，小大姐的手一直抖著，眼看那紙條拿不住，要掉下來，那年輕太太伸手接過去，衣服被牽動，赫然看見她裡頭旗袍的前襟上也斑斑有些血跡。小大姐開口催促，道，幫幫忙，快一些，東西本來就是我們太太的。我冷眼旁觀，見那年輕女子神色古怪，表情太鎮定，可眼眸深處有種無法迴轉的絕望。少東家定定看著她，像被魘住了，兩人對峙了好一會兒，他還是一言不發，不過轉身到後面拿出一包東西，她們接過就匆匆離開了。

誰知，她們才走，就來了幾個差館的人，其中一個是英國人，氣焰囂張，拿著一張外國人的照片來尋人。少東家看了遲疑，說，他來過，取走了一包東西。

什麼東西？

少東家說，前兩天廣東來了一批茶……

英國人皺眉說，怎麼還從上面進貨？

少東家像是被嚇住了，什麼也不敢說，唯唯諾諾，敷衍著說，很久之前就訂的貨……

英國人看上去頗為不悅，打著官腔說，住在香港，就要跟港英相同立場。

等人一走，我長出一口氣道，你的膽子也太大了。

少東家驚魂未定，白著臉，說，那外國人來提過貨，後來又把東西存回來，是我一個人經手——算了，白給人惹麻煩做什麼。這年月麻煩事夠多了。說多了，糾纏不清，我自己也撇不乾淨，也許更麻煩。

隔天，看報紙，社會新聞上有一則說港島治安堪虞，有一歐洲男子當街被槍殺，目擊者說開槍者係一中等身材男子……我將報紙拿去給康少東家看，他看著那報紙上的一幀小照片，喃喃說，什麼歐洲人，那明明是個俄國人。同一張報紙上還有別的凶案，好像說內地來的大亨與人爭風吃醋，被情殺。真是時日堪虞，一派亂象。

差館的人又到茶莊來了多次，問東問西，讓人不得清淨，少東家他家裡人教他回答還是要用老話，半句多不得，但饒是如此，他們的生意也被多方盤查故意為難，花了許多力氣才擺平。家裡人讓我迴避不要再去茶莊，等塵埃落定，我們的工廠開張，忙碌起來，也沒時間再去上環了。

至於那個黃昏的事，就像根本沒有發生過，誰也沒有再提起。爺爺喝口茶，說，有時懷疑自己是不是做了個夢。

小佑疑惑問，這到底是怎麼回事，後來搞清楚了嗎？

爺爺一口氣說完，喝口茶，道，怎麼回事？亂世的事哪裡能理出個脈絡清晰？其實，不知道也罷，徒惹麻煩。

小佑長吸口氣，道，比看諜戰片還要驚險，那是什麼時候的事？

爺爺想一想，有些吃驚說，竟然都半個多世紀了——那是五零年代初。康裕隆後來也關門大吉了，全家移民。他看看小佑，像知道她想什麼，說，與那事沒有關係，他們走，是一九九零年代的事，去了加拿大。走的時候，我們還一起飲了次茶，說起往事。少東家感嘆說，家裡開店幾十年，見的古怪事也多了，但只有這件最離奇，完全猜不到這幾個人的路數——都說比起別的地方，香港還算風平浪靜，但實際上，多少暗流在底下風起雲湧。歷史真相總是不為人知。——我們都老了呵。最後爺爺這樣說。

小佑聽了不出聲，回味著那話，想著當下，她想，二零一六年的香港，可算是風平浪靜？——旁邊有兩桌看來坐的都是遊客，一桌說普通話，一桌說英文，點菜的時候全點的是普洱茶，還有蜜汁叉燒包、水晶鮮蝦餃……這些倒是長長久久，慢慢變作了這城市的浮光掠影。

利物浦

小泳陪祖父祖母坐郵輪，從倫敦出發，將繞行英倫三島一週，船上老人居多，她不嫌悶，到岸便陪祖父祖母觀光，祖父祖母怕累不上岸的時候，她就自己跟團出遊，閒下來時間就看書，看完了裝在行李中的紙質書，就看kindle電子書。那天傍晚，她坐在船上的圖書館，一面如常閱讀，一面時時抬頭，正好欣賞夕陽正從海平面沉下去。她抬頭，低頭，再抬頭時，驟然看見一對老夫婦正站在她跟前，笑咪咪望著自己。她一愣，有點疑惑，不由自主往後看一看，確認不是自己弄錯了；而老夫婦卻站著不走，她便只好笑臉相迎。

老太太這時開口，說，愛看書的年輕人現在太少了，真難得。更難得的是妳願意陪自己的祖父祖母，對他們真是周到。我們注意到妳好幾天了——就是想跟妳說一聲，我們覺得妳太棒了。

小泳微微臉紅。老人跟她寒喧，待問清楚她是中國人，老先生便說，我出生在上海。

小泳看看他們，恍然大悟，脫口而出，問，你們是猶太人？

老先生點點頭，說，愛看書的孩子到底不一樣，妳知道歷史。——口氣當她是小孩子，然後點頭道，沒錯，我們家是二戰時候從歐洲搬到上海去的，在那兒一住就是十幾年……

他話沒說完，就有朋友來找他們，說船上的表演要開始了。老人便與她暫時道了別。

小泳對他們的經歷產生興趣，覺得海上航行還有好幾天，遲早可以再碰見他們，心中打定主意，決定第二天早餐時，就去找到他們，好問個仔細。

豈知過了一晚上，她竟完全記不清那對老夫婦的模樣，在大廳中，放眼望去，覺得這個有點像，那個也很神似，結果卻又全都不是，心中於是懊悔不已，只恨當時沒有問個清楚。

那船到利物浦，祖父祖母隨團趕往湖區看自然風光，小泳自己進城去參觀披頭四故居，回到港口的時候時間還早，便在碼頭附近遊蕩。利物浦港口已經不復當年繁華，連解說的導遊也語帶滄桑地感懷身世。小泳走了一會兒，便有些意興闌珊，憑著眼前風景，她實在沒法想像往日風姿，於是決定打道回府。

郵輪遠遠在望，她走了幾步，見前面有位老人，手裡拿著船上的雨傘，慢慢走著。她覺得他的衣服眼熟，便快步趕上去，走到他旁邊，側頭打量，她看著他面容，心中也不確定，但老人已經露出疑惑神色，她只好打招呼——老著臉皮問，我們見過？昨天晚上在圖書館？——你說你是在上海出生的？

老人一愣，笑了，說，小姐，妳認錯人了。我不是在上海出生的——我倒是在這裡出生的——對，就是這個城市，利物浦。

小泳啊了一聲，問，難道你還住在這兒？

老人搖頭道，早就不在這兒住了，所以才會故地重遊。我五零年代就離開了……他轉身，背對著港口，回頭看著這城市，道，利物浦的黃金時代在那時候就結束了，你們年輕人都不知道這兒曾被稱作「歐洲的紐約」吧？——戰爭的時候，這裡是大西洋戰場的指揮中心，最後戰爭勝利了，但這城市卻毀壞了，記得那時市中心完全是一片廢墟，那些被轟炸過的樓房根本沒有辦法修繕……後來，這城市再沒恢復元氣，除了披頭四，便沒有再出產別的輝煌了——世界變了。

他遠眺了一會兒，然後看一看身邊的女孩子，見她也望著遠處那些樓房若有所思，便遠遠指一指，說，戰後的那幾年，我在一家酒館幫忙，就在那邊，離碼頭很近。

小泳感興趣地問，那酒館還在嗎？

老人說，當然不在了。剛才我在那附近走了一走，全都認不出來了。這碼頭也沒落了。記得那時候，碼頭人來人往還算熱鬧，乘客上岸休息，便到我們那家小酒館坐坐。

老人問小泳，妳是中國人？

小泳點頭，老人便說，那時候，我也見過好些中國人。五零年代初的時候，已經沒有從上海來的船，不過還有從香港出發的郵輪，乘客到了再接著橫渡大西洋到紐約去。那時候坐船都不是為了旅遊休閒，遠渡重洋的，全有些故事——是戰爭的後續。

小泳道，是這樣嗎？

老人說，可不是。我記得有一次，香港要來班船，有個美國人在酒館裡等了半天，從上午等到下午，後來船終於到了，他出去接人，跟一個中國女子一起回來。那女子全身穿黑，美國人跟她說了些節哀順變的話。兩個人談了些中國的政治時局。那美國人是熟客，是軍方的，我見過他在戰時跟作戰指揮部那些軍人常常一起來我們酒館。他跟這個中國女子應該很熟，可那次不像敘舊，氣氛凝重。後來，他先走一步。記得我問那女子是不是第一次去紐約，她神情有些恍惚，說不知道要在那兒待多久——看來，這又是一個背井離鄉的人——我自己也一樣——記得這樣清楚是因為這班船開出不久，我也坐上了開往紐約的一班船……

小泳一面聽老人說，一面陪他往回走，突然心中一動，開玩笑問他，你說他們會是什麼人，那女子幫美國人做事嗎？——你是不是也一樣？因此他們才會放心在你的酒館見面？

老人笑了笑，含糊地說，年輕人就是有想像力。也算不上幫誰做事——不過，戰爭年月，大家都沒選擇，做些自己力所能及的事也是應該的——都過去了。戰爭中間誰沒有些故事。說到這裡，老人突然閉口，好像對於他來說，話題就戛然而止了。

回到船上，後來她也沒有找到前一晚偶遇的那對老夫婦，頗有些遺憾——彷彿那些背井離鄉的故事最後都匯入了各種各樣的生活，走著走著，變成了平常——不是所有的故事都會被記錄下來——像她一樣，心有餘，而力不足。

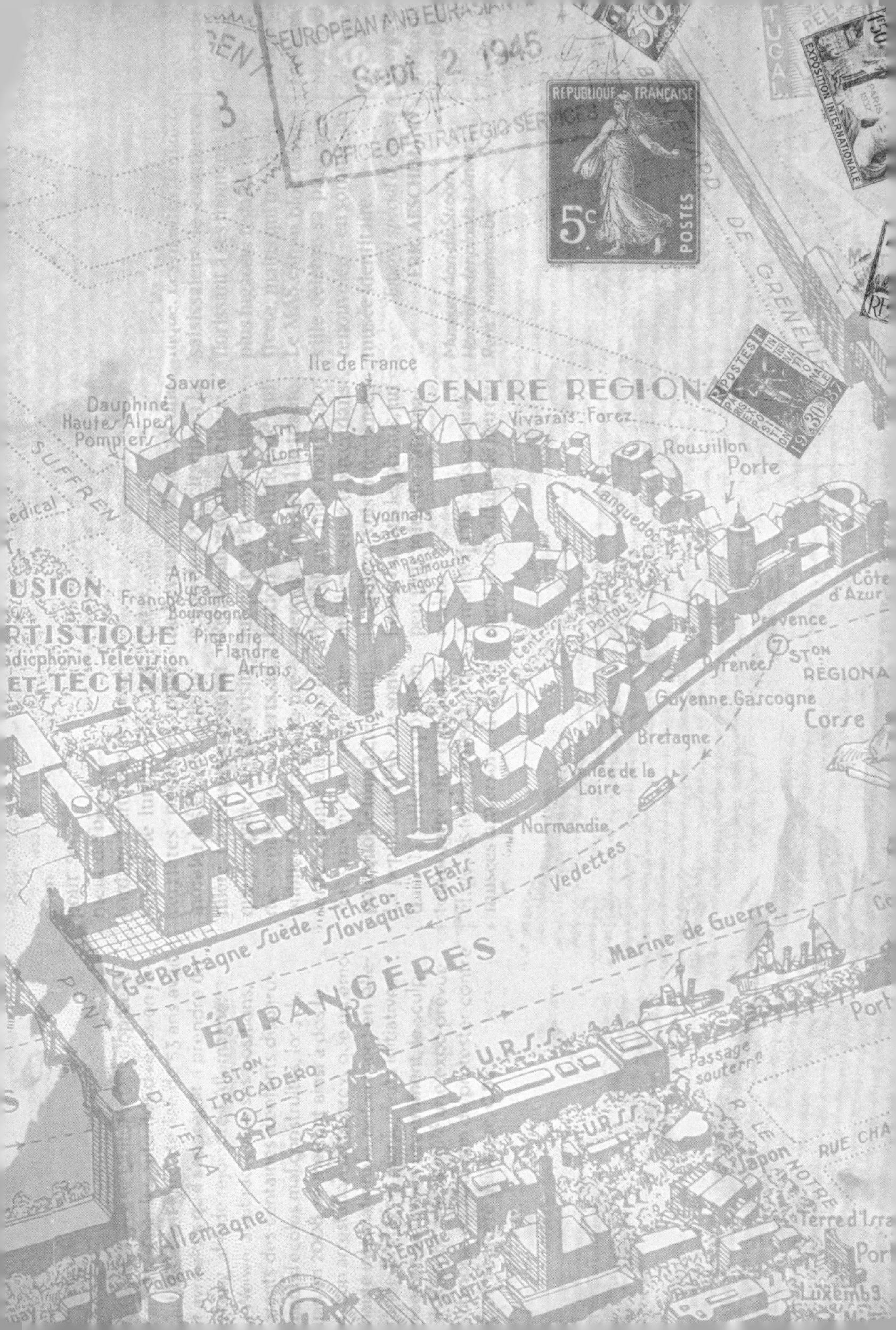
EUROPEAN AND EURASIAN
Sept 2 1945
OFFICE OF STRATEGIC SERVICES
REPUBLIQUE FRANÇAISE
5c
POSTES
EXPOSITION INTERNATIONALE
DE GRENELLE
Ile de France
Savoie
CENTRE REGION
Dauphiné
Hautes Alpes
Pompiers
Vivarais Forez
Roussillon
Porte
SUFFREN
Lyonnais
Alsace
Champagne
Limousin
Périgord
Languedoc
Ain
Jura
Franche Comté
Bourgogne
Picardie
Flandre
Artois
Radiophonie Télévision
ET TECHNIQUE
Côte d'Azur
Provence
Pyrénées
Guyenne Gascogne
Corse
Bretagne
Vallée de la Loire
Normandie
Vedettes
Etats Unis
Tchéco-Slovaquie
Gde Bretagne
Suède
ÉTRANGÈRES
Marine de Guerre
U.R.S.S.
STON TROCADÉRO
PONT D'IÉNA
Japon
Allemagne
Egypte
Pologne
Hongrie

一九六零年代的異境

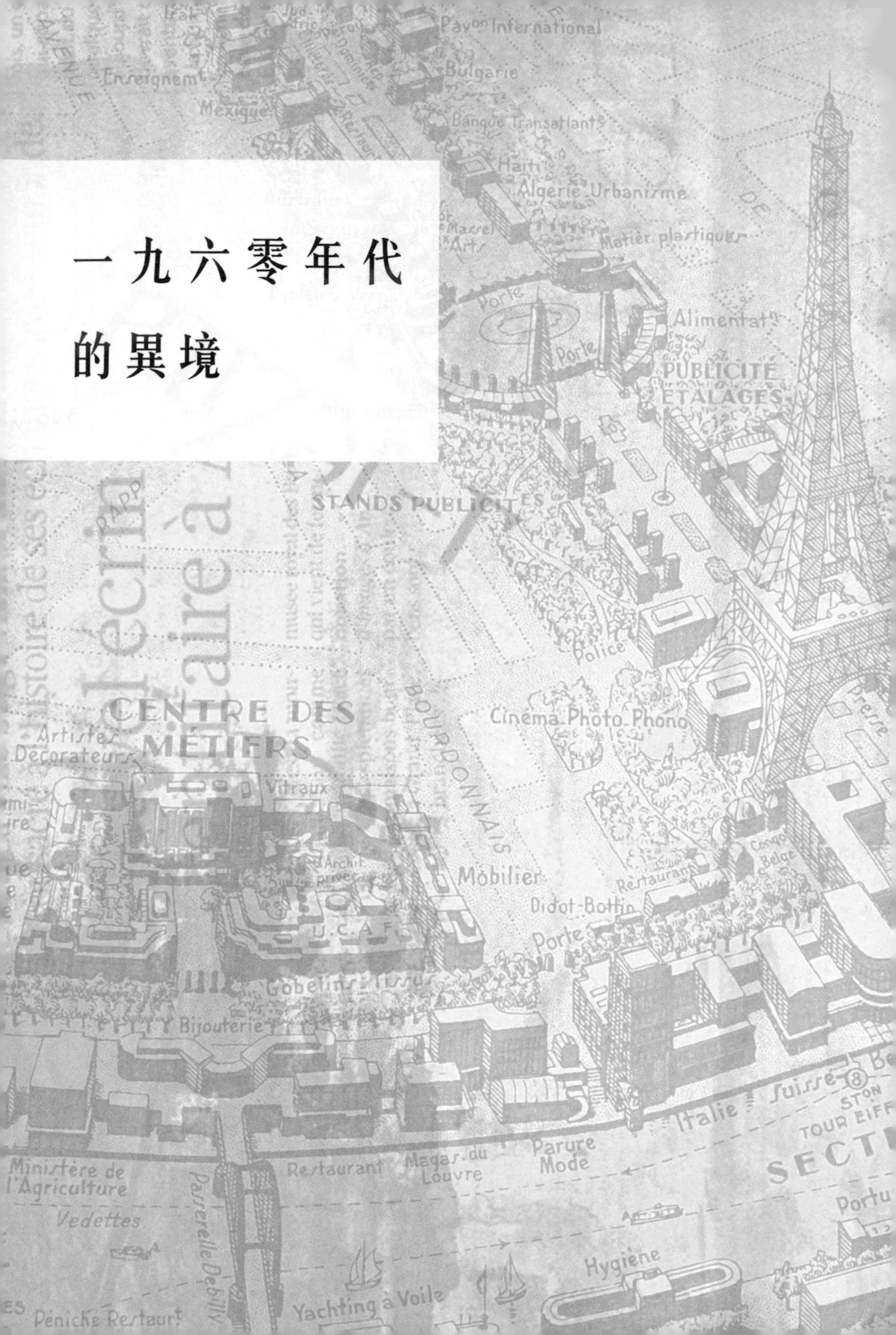
Payon International
Bulgarie
Enseignem
Mexique
Banque Transatlants
Haiti
Algérie Urbanisme
Métier plastiques
Porte
Alimentat
PUBLICITÉ
ÉTALAGES
STANDS PUBLICITÉS
RAPP
Police
Cinema Photo Phono
CENTRE DES
MÉTIERS
Artistes
Décorateurs
Vitraux
BOURDONNAIS
Mobilier
Restaurant
Didot-Bottin
Porte
U.C.A.F.
Gobelins Tissus
Bijouterie
Presse
Italie
Suisse
TOUR EIFF
SECT
Parure
Mode
Ministère de
l'Agriculture
Restaurant
Magas. du
Louvre
Vedettes
Passerelle Debilly
Hygiène
Portu
Yachting à Voile
Péniche Restaur

紐約

香港古書展，人潮慕名而來，為了要親睹梵谷的親筆英文信——當年大師初到巴黎，與印象派迎面相逢，遂向早年灰色時期告別，調色板上開始出現信中提到的「Frankly Green and Frankly Blue」那種開誠布公式的鮮豔色調，接著畫家便進入了人生新的階段。多年後，那一紙舊書成為被圍觀的對象，人群聚集為了意料中的心領神會，大概因此覺得歷史脈絡的某一分支在自己面前變得清晰可見，非常有滿足感。

高中生寇伊也在人群之中，她是奉父母之命，陪著爺爺逛書展。爺爺長住紐約長島，偶爾才來香港小住，全家人頗花了些心思替老人找娛樂項目，寇伊記得在爺爺的書房見過狄更生的首版小說，選擇古書展其實是她的主意，她覺得爺爺會對英文古籍有興趣。

他們祖孫三代，中文講得最好的是寇伊，因為爺爺是第二代移民，她父母是第三代，都不曾有機會好好學中文；不過在寇伊成長的年月，修習中文在北美大陸突然變得時髦，她便也隨波逐流地用功。結果，當她隨父母外派到香港的時候，發現自己中文水平居然比國際學校中的大多數同學還要稍高一籌，倒是意外。

爺爺果然不願往人多地方擠，一見需要排隊便走開去，讓寇伊自己先去瞻仰名人手跡。寇伊滿足了好奇心，回頭再找爺爺，卻發現他一幅地圖前兀自出神。她也走過去打量，老地圖有摺痕，當年應該是張觀光地圖，色彩風格懷舊，那些著名的地標都用一枝畫筆將建築勾勒成型。比較特別的是皇后區法拉盛可羅娜公園也占了一席之位，上邊用大箭頭標著紐約世博會的字樣。

寇伊搭訕問，這是什麼時候的世博會？難道您去過？

是一九六四年。爺爺轉頭看了她一眼，眼神有些疏離隨即微露訝異，好像不慎沒入過去的深潭，可一抬頭卻發現世界竟然還有一派年輕的面貌。他稍一愣，開口時聲線略高，說，我當然去過。

寇伊噢了一聲，問，您還記得？

爺爺緩緩出了口氣，像慢慢回到世間，他點頭說，當然記得。怎麼會不記得，那年媒體鋪天蓋地渲染——這個說太空時代開始了，那個說自動時代開始了，還有新消費時代也開始了，好像一個新世代就在眼前了。

喔。寇伊覺得有趣，但不以為然，她覺得自己才生活在真正的新世代裡，過去的怎麼能跟現在比？她敷衍道，真是激動人心呀。然後順口問，那兒有中國館嗎？

爺爺搖頭道，當時在冷戰之中，中美陣營不同，紐約的世博會怎麼可能設有中國館？爺爺想一想，又說，不過，倒折衷有個香港館——那會兒，我還在那兒打工呢——當時我在哥倫比亞大學念書，香港館找臨時工，最好是中國面孔。

可您不會中文呀？寇伊笑道。

爺爺嗐了一聲，道，誰說我不會？我只是說不好，但是聽懂卻沒有問題。

寇伊不好意思笑一笑，換個話題，問，香港館是什麼樣子的？

爺爺見她有興趣，有些高興，待要開口，卻覺得說來話長，有些猶豫。寇伊以為他累了，便推著他說，我們旁邊坐坐去。

坐在休息的長凳上往前望，仍看得見那鮮豔的紐約地圖，畫成立體圖形的一座座地標遠看更顯醒目。爺爺忽然開口道，那是一座中國式的建築。

她一愣，然後意識到他說的是世博會的香港館。老人的目光還是牢牢鎖在那張地圖上，神情像已經跨過中間許多的時空，回到了遙遠的某處去，他彷彿喃喃自語，說，入口有三艘東方風格、裝飾華麗的漁船——樓裡有些賣紀念品的商店和餐館——我就在那間叫國泰的餐館打工。記得有人抱怨香港館太商業化，除了門口那三艘船，沒有值得看的地方。這話可不對，我在那兒打工，遇見許多來用餐的中國人，聽他們言談議論，偶爾也加入進去，他們常常會提起如何離開家園的往事，那都是一部部歷史——不過，也難怪，一般人走馬看花，怎麼可能留意到這些？

寇伊附和說，想必也是，華人去世博，無論如何也會想到這個香港館去看看。爺爺嗯了一聲，顯得意猶未盡，寇伊覺得他還藏著精彩的故事，試探問，香港館還有什麼？

有個餐館。老人回答。

連這也還記得？寇伊笑了，覺得老人在敷衍。

可是老人卻鄭重其事接下去說，是的，場館裡設了家挺體面的餐廳。有一天，有位贊助商——一家香港的貿易公司——特別包場，還請來了位新廚師。我們都以為有特別的大型活動，誰知來的卻只有一桌客人，選最靠裡邊的位置坐。先來的是一位女士，中國女子看上去都年輕，我們還打賭猜她年齡，不過猜不出個所以然來；然後來了一位男子，高大英俊，帶了一個小孩。兩人的外表看起來很般配，神情間也有些默契——可是總有些地方不太對——那女子有些強勢，所以一開始，空氣中就有些彆扭。

他們應該是要刻意避開旁人耳目，上完菜，餐廳裡便沒有留人。我剛好在後面清點存貨，跟他們只隔了道牆——那建築為了世博會才蓋的，牆格外單薄，才讓我無意間聽到他們談話，不過也才只聽了一會兒就被人發覺，他們手下那些人表現得有些過分緊張，急急忙忙要我走開，後來大概以為我不會中文，才明顯鬆口氣。我雖然只聽到些隻字片語，卻已印象深刻。

記得那男子先說了這麼一句——聽說，中國核彈實驗成功了。

那女子回答，這是遲早的事。

男子嘆了口氣。

女子道，你擔心臺灣？你放心。那邊不會亂來的。

男子卻說，妳我哪能預見得了政治上的變故。

女子道，你想過嗎，有時擁有武器其實是為了永遠也不需要用到那武器。

男子道，這是政客慣用的藉口。

女子道，不要把那些無聊的政治加到我們中間來。政治跟我們小人物有什麼關係。

男子長出一口氣，口氣中微有揶揄，說，嗯，小人物？——這會兒倒說政治無聊，真是撇得乾淨。

女子卻不在意，只說，回來就好。我需要你。

那口氣是這樣坦率，不容人拒絕。我立刻覺得——他不會是她的對手。她想做什麼，一定能做到。

啊？寇伊聽到這裡，已經被吸引，可是爺爺的故事顯然已經講完。寇伊追問，不是還有個小孩嗎？

他爺爺一愣，說，我記不太清了……好像那新來的廚師做的全都是些小孩愛吃的點心。

他們都是些什麼人？

爺爺搖頭說，我不知道他們是誰，紐約什麼樣的人沒有，什麼奇怪的事不會發生？

旁人不過是看看熱鬧罷了——但他們看上去著實賞心悅目。到後來，一頓飯吃得相當融洽，大概是雙方都得願所償。這讓人高興，對於他們，也算是一個新的開始吧。

新的開始——人們總是被這幾個字吸引。

寇伊仍舊看那遠遠掛著的紐約地圖，湛藍的主色調相當奪目，她不由自主想到梵谷信中提到的那兩個關於顏色的詞——Frankly Green, Frankly Blue——她問爺爺要怎麼翻成中文才好。

爺爺笑說，這不應該問妳？妳的中文比我強許多。

寇伊想一想，問，用坦率還是坦蕩。

爺爺站起來，說，都好。

寇伊想，可不是？如果是一個新的開始，坦率或者坦蕩，這難道不是人們在起始位置，心中必抱著的希望？

EUROPEAN AND EURASIAN
Sept 2 1945
OFFICE OF STRATEGIC SERVICES
REPUBLIQUE FRANÇAISE
5c
POSTES
EXPOSITION INTERNATIONALE
DE GRENELLE
Ile de France
Savoie
Dauphiné
Hautes Alpes
Pompiers
CENTRE REGIONA
Vivarais Forez
Roussillon
Porte
SUFFREN
Lyonnais
Alsace
Champagne
Limousin
Languedoc
Côte d'Azur
USION
RTISTIQUE
Ain
Jura
Franche Comté
Bourgogne
Picardie
Flandre
Artois
Provence
diophonie Télévision
ET TECHNIQUE
Pyrénées
STON RÉGIONAL
Guyenne Gascogne
Corse
Bretagne
Vallée de la Loire
Normandie
Vedettes
Etats-Unis
Tchécoslovaquie
Gde Bretagne Suède
ÉTRANGÈRES
Marine de Guerre
PONT
STON TROCADÉRO
U.R.S.S.
Passage souterrain
Porte
RUE CHAR
Japon
Terre d'Israël
Allemagne
Egypte
Pologne
Hongrie

一九七零年代的異境

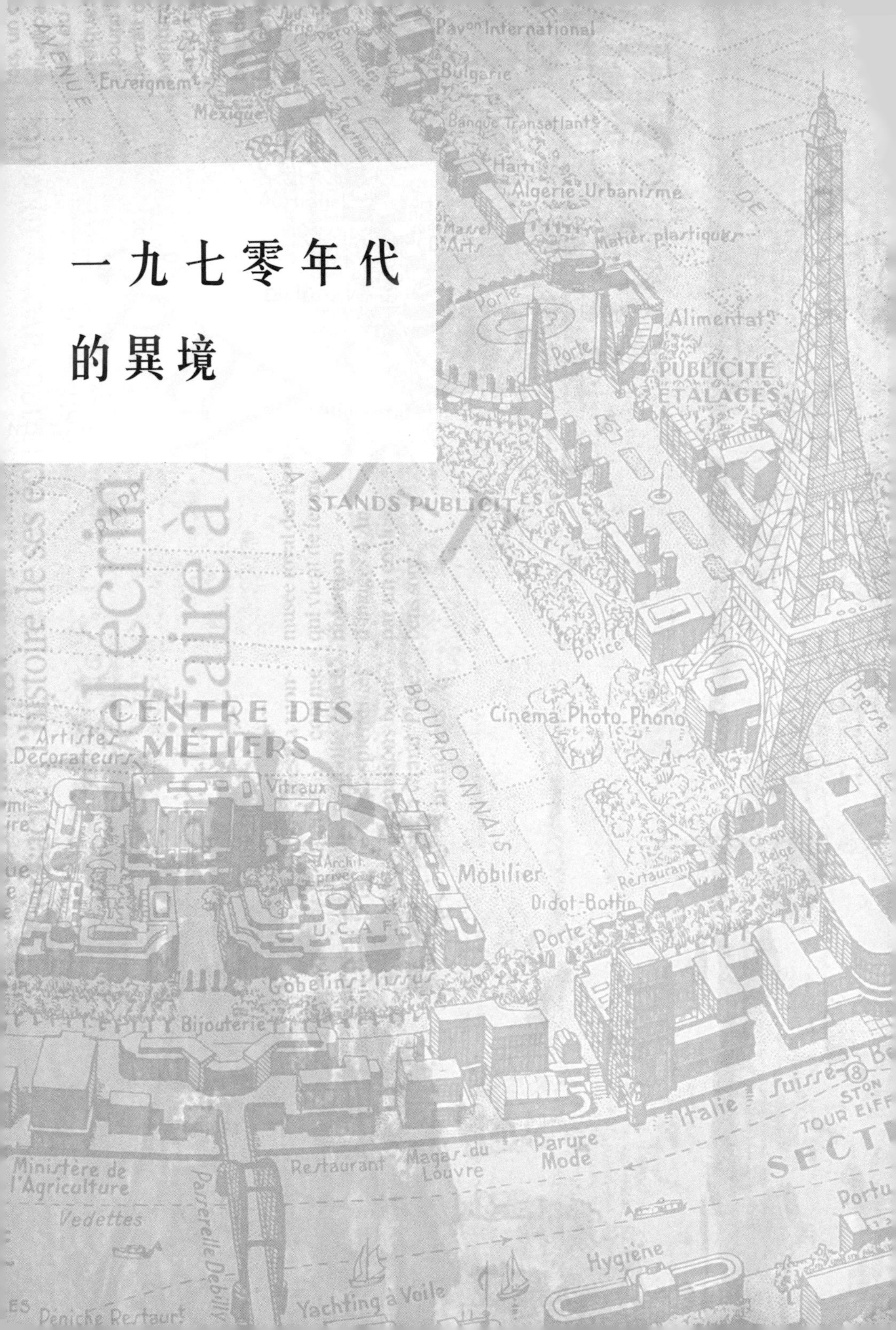
Pavon International
Bulgarie
Enseignement
Mexique
Banque Transatlante
Haiti
Algérie Urbanisme
Matier plastiques
Porte
Alimentat
PUBLICITÉ
ÉTALAGES
STANDS PUBLICITÉS
Police
CENTRE DES
MÉTIERS
Artistes
Décorateurs
Cinéma Photo Phono
BOURDONNAIS
Presse
Vitraux
Mobilier
Restaurant
Congo Belge
Didot-Bottin
Porte
U.C.A.F.
Gobelins Tissus
Bijouterie
Italie
Suisse
TOUR EIFF
SECT
Parure
Mode
Ministère de
l'Agriculture
Restaurant
Magas. du
Louvre
Vedettes
Passerelle Debilly
Hygiène
Yachting à Voile
Péniche Restaurt

臺北

小喬從三藩市飛臺北，替她父親慶祝生日，打算速去速回——不是逢五逢十的大日子，不過跟親友熱鬧一下——順便她也要見朋友——小學同學要聚會，中學同學在聯絡中，大學死黨小暢在新加坡工作，打算飛過來，要她領遊吃遍美食地圖——人生是這樣熱鬧有趣。就這樣，天天笙歌的日子很快過去，快到回程，父親作東，邀請她跟小暢吃飯，當作餞行。

吃飯的小館子是小喬父親經常光顧的，上海菜做得很地道。老闆出來寒暄，大概她父親提過小喬在矽谷臉書工作，老闆盛讚了幾句，小喬笑容滿面表示客氣——她認得老闆，卻總記不清他姓什麼，她也沒有覺得不妥。

燻魚、烤麩、馬蘭頭、松子桂魚、醃篤鮮——這是她父親宴客的固定菜單。等待上菜時，小喬不由自主拿出手機，先查郵件，再看臉書，然後看新裝的Line和微信，忙得不亦樂乎。小暢不好意思當長輩的面在社交媒體上神遊，便與伯父寒暄，問，伯父是上海人？

小喬父親說，不是。我們老家在江浙，離上海不遠。

小暢便說，喔，原來你們是外省人。

你也知道這說法？小喬父親笑道，小喬的爺爺是軍人，當年跟軍隊一起過來，剛來時候，可謂人生地不熟。

小喬抬頭接一句，說，我爸小時候在眷村長大的。

她父親點頭說，那時大批人過來，住在一起，叫做眷村；後來眷村沒了，人也落地生根，到我是第二代了。

老闆娘端菜上來，聽到他們交談，便也笑著添一句，啊喲，你們眷村的小孩子最霸道，很會欺負人哦。

小喬父親笑笑說，這話說的，妳親眼見過？

老闆娘卻答，不都這麼說？你沒有霸凌別的小孩就好啦。老闆娘一直笑嘻嘻的，本來也是玩笑話，並不為了追究虛實。

小喬爸爸卻較了真，想一想，解釋說，也不是霸道，年輕孩子剛到陌生的地方，怕被排擠，結果先下手為強，往往做過頭——弱肉強食，誰說小孩遊戲的規則不是這樣。

小喬噗哧笑了，抬頭說，哪來那麼多藉口？老爸，你乾脆交代，自己到底有沒有欺負過人？

她父親一愣，小暢笑著搖頭。小喬父親歷來遷就女兒，兩人沒大沒小，這會兒果真反省起來，然後笑道，唔，被妳說中，排外也算欺負人的話，就真是慚愧了。

嗯？你說說看，怎麼回事。小喬有心與父親抬槓，放下手機要聽原委。

她父親無奈說，那時我們大概十五六歲，共同的假想敵是個同學。我們被叫做外省人，他在我們之間更是個外人。這人自小借住在親戚家，他母親早逝，父親在紐約，卻把他獨個兒送到臺灣來。他感覺到我們的敵意，一面在我們面前擺出優越感，一面保持距離，同時也嘗試過靠近我們，但總不成功，同學間刻意孤立他，故意盛傳他父親已經將他遺棄的流言。

我們兩家住得很近，碰到他偶爾也會聊兩句，但執意不同他交朋友。有天，他跟我說他父親來了，他們要去圓山飯店吃飯。七零年代初，圓山飯店進出的都是些政要名人，去那兒吃飯算是件了不得的事，我覺得他告訴我是為了炫耀，覺得反感，便不去搭理，他當然覺得沒趣，訕訕地走開。

那個週末我果然看見有車中午來接他。當天下午，我剛好去南京東路看親戚，在那附近又見到了那輛黑色的賓士車。那時，這樣的車不多，我當然一看就認得，於是好奇觀望，便正好看見他跟一位女子從巷子深處一戶小院推門而出。那是座日式房子，門在他們後面頗不友好地關上，關門聲太響，我隔著老遠也聽得清清楚楚，但那女子轉身看那緊閉的木門，卻施施然有一副篤定的勝利者姿態。

女子身上彷彿有層光芒，使人隔了老遠也能注意到她。她抬頭，牆頭有院子裡伸出來的影樹枝幹——按理說那麼遠應該看不到她的表情，容貌不可能看得仔細，也許是她的姿態，或者臉部輪廓拼湊出來的印象——那畫面讓我突然想起上一輩老人說往事時的長吁短嘆——可是不應該啊——火紅的影樹下，歲月靜好，怎麼會讓人有這種大悲大慟，還是大徹大悟的聯想？——我竟也分不清楚是不是自己的錯覺——世界好像停了下來，要讓轉動的齒輪變得吻合之後，才能再吱吱嘎嘎轉動——這讓我更覺好奇，但是無奈隔著距離，當然是看不真切。我那個同學站在她身邊，好像有些不耐煩，但大概不敢催促——在她邊上他不過是個小孩子——他用腳踢了一顆石子，骨碌碌滾動的聲音提醒了那女子。於是他們先後坐上那輛黑色的賓士走了。

過幾天，放學路上我又碰見他，這一次，我忍不住主動搭話，問他那天跟他在一起的是什麼人。他卻含糊其詞不肯說，問我在哪裡見到他們的。聽我說出那個地址，他想了想，忽然問我要不要跟他回去看看。

我們回到那裡，卻看見那戶人家正在大辦喪事，他也顯得很吃驚，呆呆站在那裡，一言不發，直到我催促數次，才跟我一起往回走。路上，他忍不住開口說，那過世的老人以前是個人物，但他們都一樣。他停了停，老氣橫秋說，大家全退到一個小島上——只是退那麼遠，也躲不開以前的恩怨。一個人自己做過什麼，是永遠也躲不開的——他們在這兒，你說是別人把他們當外人，還是他們自己把自己當成了外人？

他的這句話讓我覺得很不舒服，像被戳中了什麼，我故意不回答他的問題，而是追問那個女子是他什麼人，跟那家人有什麼關係。他卻嘆氣，道，他們都是跟我沒有關係的人。語氣充滿了抗拒和無奈。他看我一眼，擲地有聲地說，跟你也沒有關係。

不久之後，聽說他父親要接他回美國去了。走的時候，他跟我們的關係突然出乎意料變得和諧起來，好像交戰雙方終於都偃旗息鼓，而且惺惺相惜。有人傳說他父親與政府高官走得近，同學們看他的目光中也多了一些豔羨。但是遲了一步，我們都沒有時間了解他了。

小喬聽完父親的話一呆，心中好像有什麼也被觸動，可說不清是什麼。直到上了飛機，才意識到，這次回來，聽父親講話，那是最長一次，而她的人生也並不真的匆忙至此。昏昏欲睡中，她告訴自己，下不為例，下一次回來她應該做的是好好坐下來，與她父親聊一聊——那些往事，若無人提起，她竟然都不曾知道——當然她父親根本沒有要責怪她的意思，但了解本來不是她的責任嗎？——而且她沒有想到自己父親竟這樣會說故事。

國家圖書館出版品預行編目資料

琥珀異境。39 城 / 聞人悅閱著 . -- 初版 . -- 臺北市：聯合文學出版社股份有限公司，2022.12
264 面 ；14.8×21 公分 . --（聯合文叢；716）

ISBN 978-986-323-501-9（平裝）

857.7　　111018462

聯合文叢 716

琥珀異境。39 城

作　　者／聞人悅閱
發 行 人／張寶琴

總 編 輯／周昭翡
主　　編／蕭仁豪
編　　輯／林劭璜　王譽潤
資深美編／戴榮芝
業務部總經理／李文吉
發行助理／林昇儒
財 務 部／趙玉瑩　韋秀英
人事行政組／李懷瑩
版權管理／蕭仁豪
法律顧問／理律法律事務所
陳長文律師、蔣大中律師
出 版 者／聯合文學出版社股份有限公司
地　　址／(110)臺北市基隆路一段 178 號 10 樓
電　　話／(02)27666759 轉 5107
傳　　真／(02)27567914
郵撥帳號／ 17623526 聯合文學出版社股份有限公司
登 記 證／行政院新聞局局版臺業字第 6109 號
網　　址／http://unitas.udngroup.com.tw
E-mail:unitas@udngroup.com.tw
印 刷 廠／鴻霖印刷傳媒股份有限公司
總 經 銷／聯合發行股份有限公司
地　　址／(231)新北市新店區寶橋路235巷6弄6號2樓
電　　話／(02)29178022

出版日期／ 2022 年 12 月　初版
定　　價／ 360 元

ISBN 978-986-323-501-9（平裝）

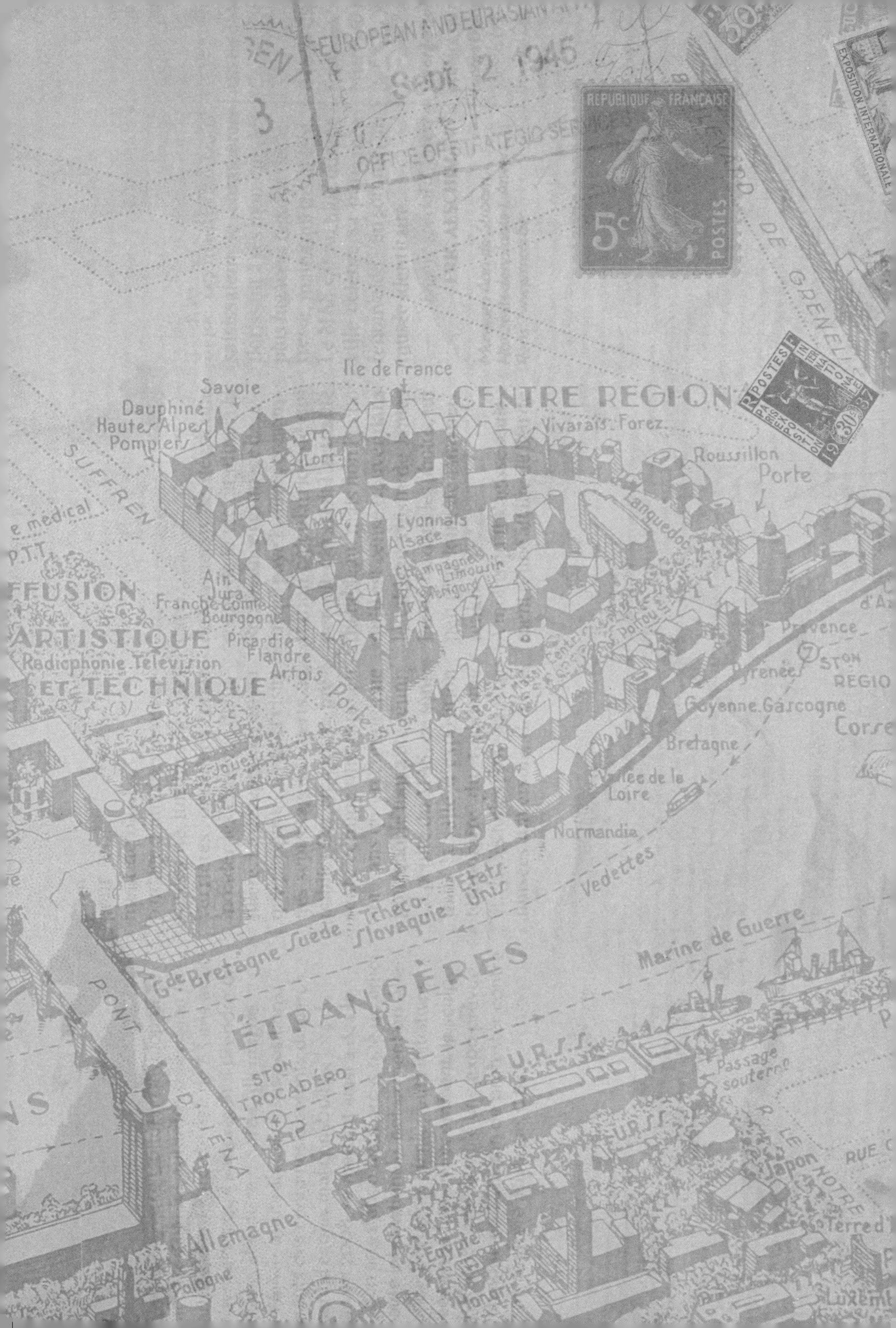
EUROPEAN AND EURASIAN
Sept 2 1945
OFFICE OF STRATEGIC SERVICES
REPUBLIQUE FRANÇAISE
5c
POSTES
EXPOSITION INTERNATIONALE
1937
Ile de France
Savoie
Dauphiné
Hautes Alpes
Pompiers
CENTRE REGION
Vivarais Forez
Roussillon
Porte
Languedoc
SUFFREN
DE GRENELLE
Lyonnais
Alsace
Champagne
Limousin
Périgord
Ain
Jura
Franche Comté
Bourgogne
Picardie
Flandre
Artois
Porte
FFUSION
ARTISTIQUE
Radiophonie Télévision
ET TECHNIQUE
Provence
Pyrenées
Guyenne Gascogne
Corse
Bretagne
Vallée de la Loire
Normandie
Vedettes
Etats Unis
Tcheco-Slovaquie
Gde Bretagne Suède
Marine de Guerre
ÉTRANGÈRES
PONT D'IENA
STON TROCADÉRO
U.R.S.S.
Passage souterrain
Japon
Allemagne
Egypte
Pologne
Hongrie
Luxembourg

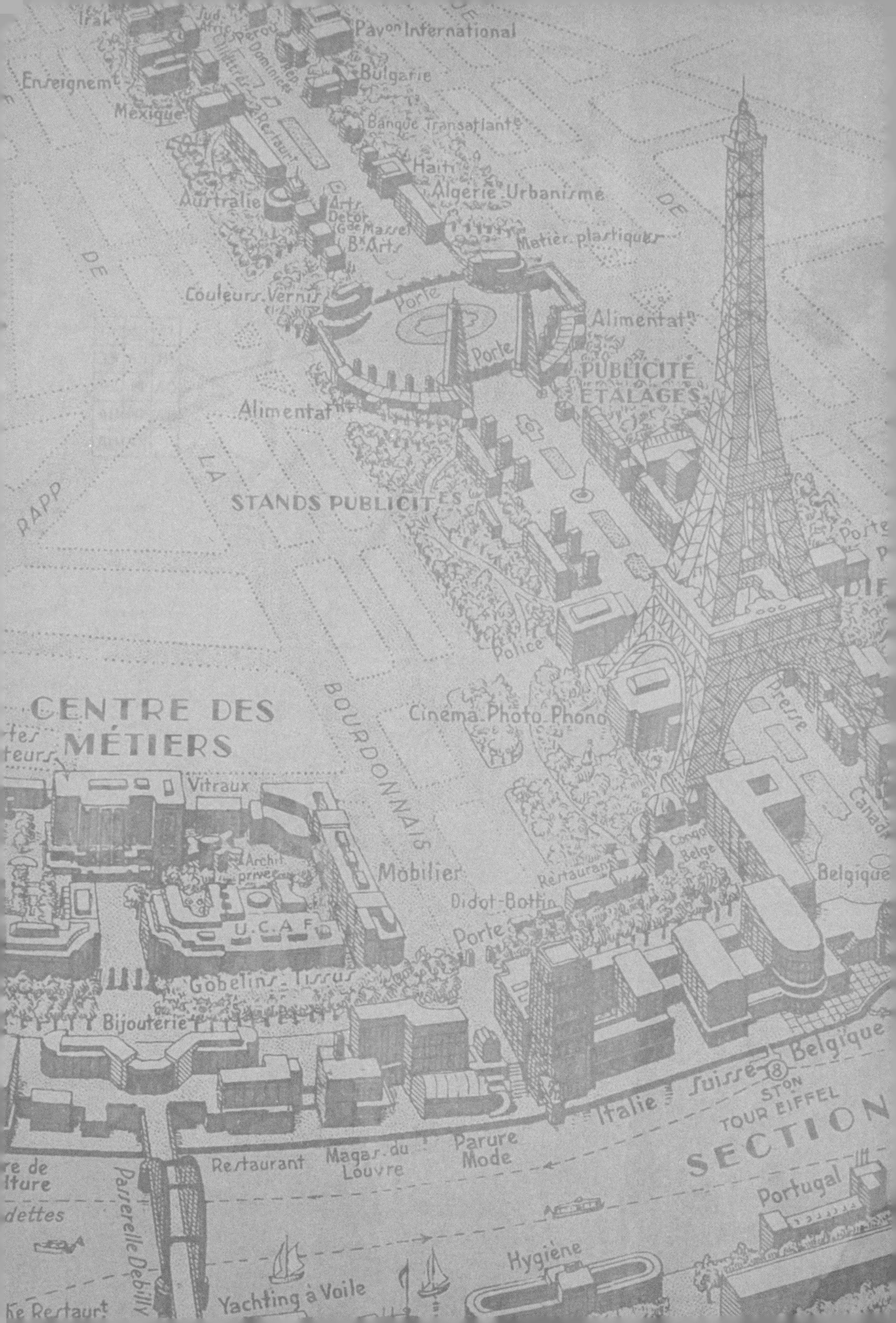

Irak
Pavon International
Enseignemt
Bulgarie
Mexique
Restaurt
Banque Transatlante
Haiti
Algérie Urbanisme
Australie
Arts Décor
Bx Arts
Métier plastiques
DE
DE
Couleurs Vernis
Porte
Porte
Alimentatn
PUBLICITÉ
ÉTALAGES
Alimentatn
LA
RAPP
STANDS PUBLICITÉS
Police
Porte
Cinéma Photo Phono
Presse
Canada
CENTRE DES MÉTIERS
BOURDONNAIS
Vitraux
Mobilier
Congo Belge
Restaurant
Belgique
Didot-Bottin
U.C.A.F
Porte
Gobelins-Tissus
Bijouterie
Italie
Suisse
Belgique
STON TOUR EIFFEL
SECTION
Parure Mode
Magas du Louvre
Restaurant
Portugal
Passerelle Debilly
Hygiène
Yachting à Voile